电工与电子技术实验教程

主　编　严　洁　刘沛津

副主编　张俊利　任继红　寇雪芹

参　编　徐英鸽　韩　行　刘建辉

　　　　宋兆阳　马　玉　夏耀和

主　审　王亚利

机 械 工 业 出 版 社

本书为工科非电类专业用电工技术（电工学上）、电子技术（电工学下）、电工学（土建类）课程配套使用的实验教程。内容包括电工技术实验、模拟电子技术实验、数字电子技术实验、可编程序控制器实验和电子电路现代设计技术——Multisim 7共5章。验证性实验28个、设计性实验4个、研究性实验1个、综合性实验1个、演示性实验1个，共35个实验。

本书的特点是采用了4章篇幅围绕电子技术及其应用的内容，体现了电工学课程教学指导委员会一贯倡导的电工学教学内容向电子技术倾斜的思路。另外，第五章较为系统地介绍了西门子S7－200可编程序控制器，可作为课堂教学的补充教材。

本教程的主要读者是学习电工技术（电工学上）、电子技术（电工学下）、电工学（土建类）课程的工科非电类专业学生，另外学习电路、模拟电子技术和数字电子技术课程的电气类专业学生也可使用。

图书在版编目（CIP）数据

电工与电子技术实验教程/严洁，刘沛津主编. —北京：机械工业出版社，2009.5

ISBN 978-7-111-26904-5

Ⅰ.电… Ⅱ.①严… ②刘… Ⅲ.①电工技术—实验—高等学校—教材②电子技术—实验—高等学校—教材 Ⅳ.TM-33 TN-33

中国版本图书馆 CIP 数据核字（2009）第 061307 号

机械工业出版社（北京市百万庄大街22号 邮政编码100037）

策划编辑：闫云霞 责任编辑：闫云霞 蔡家伦

封面设计：马精明 责任印制：王书来

北京蓝海印刷有限公司印刷

2009 年 5 月第 1 版·第 1 次印刷

184mm×260mm·10 印张·243 千字

标准书号：ISBN 978-7-111-26904-5

定价：18.00 元

前　言

　　电工技术（电工学上）、电子技术（电工学下）课程是高校理工科非电类专业必修的重要技术基础课程。通过实验使学生巩固和加深对电工电子技术基础理论的理解，掌握常用的电工电子仪表、仪器、电机、电器的使用方法，学会电工、电子电路的实验操作和分析测试方法，培养学生正确进行科学实验的方法和分析、解决实际问题的能力。

　　本书是根据电工学课程教学指导委员会教学基本要求及编者多年教学、科研和工程实践经验编写的，适应面向新世纪教育、教学改革和科技发展的要求。

　　本书主要包括验证性实验、设计性实验、研究性实验、综合性实验和演示性实验。验证性实验主要介绍了实验的原理、内容、操作步骤以及仪表仪器的使用与测试方法，设计性、研究性和综合性实验主要提出了电路的设计方法与思路，请读者自行设计实施。

　　本书内容丰富，具有很强的实用性和综合性，突出了工程实践能力的培养。

　　本教程建议的使用方法如下：电工技术实验包含叠加原理及戴维南定理，感性电路功率因数的改善，三相负载的联结方式，异步电动机的正、反转控制，可编程序控制器实验，小车直线行驶自动往返控制自动控制 6 个实验，电工测量仪表实验在上述实验中穿插进行。电子技术实验模块包含直流稳压电源、分压式偏置单管电压放大器、差分放大器、集成运算放大器、基本逻辑门的逻辑功能测试及应用、触发器和计数器 6 个实验，常用电子仪器实验在上述实验中穿插进行。电工学（土建类）实验包含感性电路功率因数的改善，三相负载的联结方式，异步电动机的正、反转控制，异步电动机的顺序控制 4 个实验，电工测量仪表实验在上述实验中穿插进行。

　　电气类专业电路实验包含电工测量仪表，基尔霍夫定律及电位测定，叠加原理及戴维南定理，受控源 VCCS、CCVS 的实验研究，感性电路功率因数的改善，RLC 串联电路频率特性的研究，三相负载的联结方式，RC 串联电路的暂态过程 8 个实验。模拟电子技术实验包含常用电子仪器的使用、直流稳压电源、分压式偏置电压放大器、射极输出器、负反馈放大器、差分放大器、集成运算放大器和信号发生器 8 个实验。数字电子技术实验模块包含基本逻辑门的逻辑功能测试及应用、三态门、译码器、触发器和计数器、555 定时器、A/D 及 D/A 转换电路 6 个实验。

　　以上实验内容为必做，其他实验内容为选做。

　　独立学院电工技术实验模块包含电工测量仪表，基尔霍夫定律及电位测定，叠加原理及戴维南定理，感性电路功率因数的改善，三相负载的联结，异步电动机的正、反转控制 6 个实验。电子技术、电工学（土建类）实验模块同上。

　　本书第一章由张俊利、徐英鸽、刘沛津编写，第二章由寇雪芹、韩行、刘建辉编写，第三章由严洁、宋兆阳编写，第四章由任继红、马玉、夏耀和编写，第五章由刘沛津、任继红完成合编以及实验实施。全书由严洁统稿，王亚利主审。

　　由于编者水平有限，书中难免出现疏漏，恳请读者批评指正，以便改进。

编者
2009 年 3 月于西安

目 录

前言
第一章　电工技术实验 ……………………………………………………………（1）
　第一节　电工测量仪表 …………………………………………………………（1）
　第二节　基尔霍夫定律及电位的测定 …………………………………………（8）
　第三节　叠加原理及戴维南定理 ………………………………………………（10）
　第四节　受控源 VCCS、CCVS 的实验研究 …………………………………（13）
　第五节　感性电路功率因数的改善 ……………………………………………（16）
　第六节　RLC 串联电路频率特性的研究 ……………………………………（19）
　第七节　三相负载的联结方式 …………………………………………………（21）
　第八节　RC 串联电路的暂态过程 ……………………………………………（25）
　第九节　异步电动机的正、反转控制 …………………………………………（28）
　第十节　异步电动机的顺序控制 ………………………………………………（30）
　第十一节　异步电动机的变频调速 ……………………………………………（31）
第二章　模拟电子技术实验 ………………………………………………………（34）
　第一节　常用电子仪器的使用 …………………………………………………（34）
　第二节　直流稳压电源 …………………………………………………………（40）
　第三节　分压式偏置单管电压放大器 …………………………………………（47）
　第四节　射极输出器 ……………………………………………………………（53）
　第五节　负反馈放大器 …………………………………………………………（56）
　第六节　差分放大器 ……………………………………………………………（61）
　第七节　集成运算放大器 ………………………………………………………（66）
　第八节　信号发生器 ……………………………………………………………（72）
　第九节　有源滤波器 ……………………………………………………………（84）
　第十节　交流电源过电压、欠电压报警电路（研究性实验）…………………（90）
第三章　数字电子技术实验 ………………………………………………………（93）
　第一节　基本逻辑门的逻辑功能测试及应用 …………………………………（93）
　第二节　三态门 …………………………………………………………………（100）
　第三节　译码器 …………………………………………………………………（102）
　第四节　触发器和计数器 ………………………………………………………（107）
　第五节　555 定时器 ……………………………………………………………（112）
　第六节　A/D 及 D/A 转换电路 ………………………………………………（116）
　第七节　数字电子秒表 …………………………………………………………（121）
第四章　可编程序控制器实验 ……………………………………………………（122）
　第一节　S7-200 简介 ……………………………………………………………（122）
　第二节　可编程序控制器实验 …………………………………………………（133）
第五章　电子电路现代设计技术——Multisim7 …………………………………（147）
　第一节　Multisim7 概述 ………………………………………………………（147）
　第二节　Multisim7 操作方法 …………………………………………………（150）
　第三节　仿真实例 ………………………………………………………………（152）
参考文献 ……………………………………………………………………………（154）

第一章　电工技术实验

第一节　电工测量仪表

电路中的很多物理量，如电压、电流、功率、频率、电能等，常常需要在实验中测得，测量这些电量的指示仪表叫电测指示仪表，简称电工仪表。电工仪表具有结构简单、稳定可靠、价格低廉和维修方便等一系列优点，所以在生产实际和教学、科研中得到了广泛的应用。

一、电工仪表的种类

电工仪表的种类很多，分类方法各异，但主要有以下几种：

1) 按工作原理分有磁电式、电磁式、电动式等，如表 1-1 所示。

表 1-1　电工仪表的工作原理的图形符号

符　号	意　义	符　号	意　义
磁电系仪表		电动系仪表	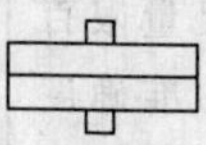
磁电系 比率表		电动系 比率表	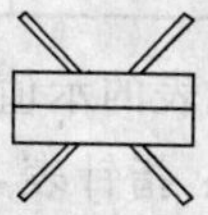
电磁系仪表	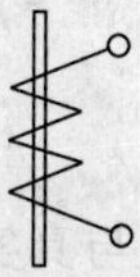	感应系仪表	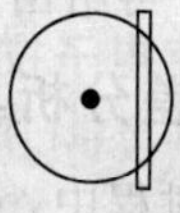
电磁系 比率表	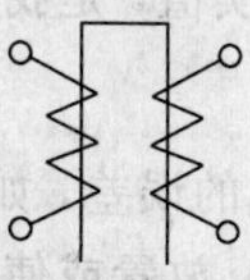	整流系 仪表	

2) 按被测电量的名称(或单位)分有电流表(安培表、毫安表和微安表)、电压表(伏特表、毫伏表和千伏表)、功率表(瓦特表和千瓦表)、电能表、功率表、频率表、绝缘电阻表等。

3) 按被测电流的种类分有直流表、交流表、交直流两用表，如表 1-2 所示。

4) 按使用方式分

有开关式与便携式仪表。开关板式仪表(又称板式表)通常固定安装在开关板或某一装置上，一般误差较大(即准确度较低)价格也较低，适用于一般工业测量。便携式仪表误差较小(准确度较高)，价格较贵，适于实验室使用。

表 1-2　电工仪表的电流种类、绝缘耐压程度及放置位置的符号图例

符　号	意　义	符　号	意　义
⎓	直流	☆2	绝缘强度试验电压为 2kV
∼	单相交流	⊥	标度盘垂直使用仪表
≅	交直流	⊓	标度盘水平使用仪表
3∼	三相交流	∠60°	标度盘相对水平面倾斜,例 60°的仪表

5）按仪表的准确度分

有 0.1、0.2、0.5、1.0、1.5、2.5、5.0 共 7 个等级。见表 1-3。

此外，在仪表上，通常都标有电流的种类以及仪表的绝缘耐压强度和放置位置等符号，见表 1-2。

表 1-3　电工仪表的准确度等级的符号图例

名　称	符号	名　称	符号	名　称	符号
以标度尺量限百分数表示的准确度等级 例如 1.5 级	1.5	以标度尺长度百分数表示的准确度等级 例如 1.5 级	⟋1.5	以指示值的百分数表示的准确度等级 例如 1.5 级	①.5

6）按仪表的示值方式分

模拟式：指针表，可以反映趋势，但不易准确读数。

数字式：直接读数，但不能反映趋势。

屏幕式：可给出大量数据。

二、误差分析与测量结果的处理

在测量过程中，由于受到各种因素的影响，测量值与真实值之间总是存在一定的差值，即测量误差。如何减少误差，使测量结果更接近于真实值，是我们应该了解的。

（一）误差的来源

1）仪器误差：由于仪器本身设计的不完善所造成的误差，如校准不好，刻度不准等。

2）使用误差：仪器使用过程中，由于安装、调节、放置或使用不当引起的误差。

3）人为误差：由操作者本人引起的误差，如读错刻度、视觉疲劳、责任心不强等引起。

4）环境误差：温度、大气压、机械振动、电磁场等引起的误差。

5）方法误差：由于测量时所依据的理论不严密或对测量方法不适当地简化及使用近似公式等所引起的误差。

（二）测量误差的分类

1）系统误差：指在同一条件下，对同一物理量进行重复测量时，其误差值保持恒定或按一定规律变化的误差。系统误差具有一定的规律性，采取一定的技术措施，可以减少或消除它。

2）随机误差：指在同一条件下，对同一物理量进行重复测量时，其误差值是无规律变化的误差。随机误差不能用实验的方法消除，但可通过多次测量取平均值的方法来减小它。

3）粗大误差：在一定条件下，测量值明显偏离实际值的误差。粗大误差主要是操作者粗心而引起的操作失误或读数错误。对此异常值（通称坏值）应剔除不用。

（三）测量误差的表示方法

测量误差有两种表示方法：绝对误差和相对误差。

1. 绝对误差

设被测量值的真值为 A_0，测量仪器的示值为 X，则绝对误差为

$$\Delta X = X - A_0$$

由于真值客观存在，一般无法得到，只能尽量接近它。故通常使用高一级标准仪器的测量示值 A 代替 A_0，则

$$\Delta X = X - A$$

通常在测量前，测量仪器应由高一级标准的仪器进行校正，校正量用修正值 C 表示。那么该仪器所测得的实际值为

$$A = X + C$$

2. 相对误差

绝对误差往往不能说明测量的准确程度，因此常常使用相对误差。

相对误差分为实际相对误差、示值相对误差和引用（满度）相对误差。

实际相对误差表示为 $\gamma_A = \dfrac{\Delta X}{A} \times 100\%$

示值相对误差表示为 $\gamma_X = \dfrac{\Delta X}{X} \times 100\%$

引用（满度）相对误差表示为 $\gamma_m = \dfrac{\Delta X}{X_m} \times 100\%$

式中，X_m 表示仪器的满刻度值。

电工仪表的准确度等级是由 γ_m 决定的，例如 1.0 级的电表，表示 $\gamma_m \leqslant \pm 1.0\%$。我国电工仪表 γ_m 值共分七级：0.1、0.2、0.5、1.0、1.5、2.5、5.0。表 1-4 为仪表准确度等级。

表 1-4　仪表准确度等级

仪表的准确度等级	0.1	0.2	0.5	1.0	1.5	2.5	5.0
基本误差（%）	±0.1	±0.2	±0.5	±1.0	±1.5	±2.5	±5.0

（四）测量结果的处理

1. 数据处理

1）有效数字：指从左边第一个非零数字开始，直至右边最后一个数字为止的所有的数字。例如，0.025kV 的电压，它的有效数字有两个，2 和 5。因此，0.025kV 的电压不能表示为 25000mV，可以表示为 2.5×10^4 mV。

2）数字的舍入规则：如果给出的数字位数超出保留位数的有效数字，应该删减掉。现在广泛采用下面的原则来删除多余的有效数字，即"大于 5 入；小于 5 舍；等于 5 时，分两种情况：5 前为偶或零舍，5 前为奇入"。如"2.36→2.4，2.34→2.3，2.25→2.2，2.75→2.8"等。

2. 曲线处理

1）一般采用直角坐标系，坐标的比例可根据需要选择，且纵横坐标的比例可以不同。

2）由于测量误差的存在，将各测量值连接起来不一定恰好是一条光滑的曲线。因此，在连接各数据点作曲线时，要进行曲线修匀工作。一般要进行多组数据的测量来减小误差。

三、万用表的使用

万用表又叫多用表、三用表、复用表，是一种多功能、多量程、便携式电工仪表。一般万用表可测量直流电流、直流电压、交流电压、电阻和音频电平等，有的还可以测交流电流、电容量、电感量及半导体管的一些参数（如 β）。由于其测量种类多、量程宽、价格低、使用简单、携带方便，因此是从事电气维修、试验和研究人员必备和必须掌握的测量工具之一。

万用表从读数的形式不同分为指针式和数字式两种。

（一）指针式万用表

1. 指针式万用表外形

如图 1-1，表盘印有多种符号、刻度线和数值。符号 A－V－Ω 表示这只电表是可以测量电流、电压和电阻的多用表。表盘上印有多条刻度线，其中右端标有"Ω"的是电阻刻度线，其右端为零，左端为∞，刻度值分布是不均匀的。符号"－"或"DC"表示直流，"～"或"AC"表示交流，"≃"则表示交流和直流共用的刻度线。刻度线下的几行数字是与选择开关的不同档位相对应的刻度值。表头上还设有机械零位（指针校准）调整旋钮，用以校正指针在左端指零位。

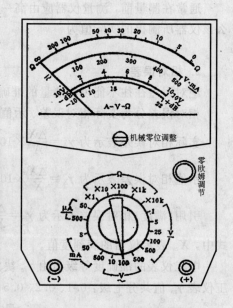

图 1-1　指针式万用表外部结构

万用表的转换开关是一个多档位的旋转开关。用来选择测量项目和量程。一般的万用表测量项目包括直流电流"mA"、"μA"，直流电压"V"，交流电压"V"，电阻"Ω"。每个测量项目又划分为几个不同的量程以供选择。

表笔分为红、黑二只。使用时应将红色表笔插入标有"＋"号的插孔，黑色表笔插入标有"－"号的插孔。

2. 指针式万用表的使用方法

在测量电阻、电压、电流以前，应先检查表针是否在 0 刻度的位置上；如不在 0 的位置上，可调整表中心机械调零旋钮使表针指在 0 位置上。

测量电压（或电流）时要选择好量程，如果用小量程去测量大电压，则会有烧表的危险；如果用大量程去测量小电压，那么指针偏转太小，无法读数。量程的选择应尽量使指针偏转到该量程满刻度的 2/3 左右。如果事先不清楚被测电压的大小时，应先选择最高量程档，然后逐渐减小到合适的量程。

注意转换开关的位置和量程，绝对不能将电流表并入电路，不能在带电线路上测量电阻。测量时，明确在哪一条标度尺上读数，并尽量使表头指针偏转到满刻度的 2/3 左右，测量完毕应将转换开关转到"OFF"档，若无此档，应旋至交流电压最大量程档，以免下次测量时不慎损坏表头。若长期不用,应将表内电池取出,以防电池电解液渗漏而腐蚀内部电路。

(二)数字式万用表

数字式万用表的种类很多,其核心电路是由 A/D 转换器、显示电路等组成。其基本结构框图如图 1-2 所示。

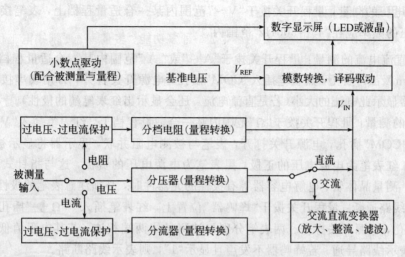

图 1-2　数字式万用表基本结构框图

图 1-3 是实验用 UT39A 数字万用表外形。

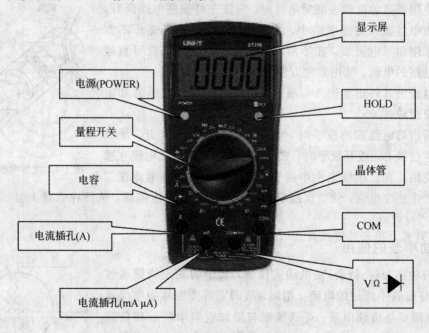

图 1-3　UT39A 数字万用表外形

在使用前,将电源开关(POWER)按下,若电池电压不足,会显示电池低电压符号,应更换新电池。测量前,应仔细核对量程开关位置是否与被测信号一致(即测量直流电压时,应将量程开关处于直流电压的范围内,而不应在交流电压或电流的范围内);量程的位置是否无误,以免损坏仪器。电表插孔旁的正三角中的感叹号,表示输入电压或输入电流不应超过此示值。若显示器只显示"1",表示被测信号已超过该量程范围,这时应选择更高的量程。

1)直流电压的测量:量程开关拨于"$\overline{V}$"范围内某一合适量程档上,红表笔插入"VΩ▶┃"插孔,黑表笔插入"COM"插孔,电源开关打开,表笔与被测电路并联,则显示器显示此直流电压的大小及红表笔端的极性。

2)交流电压的测量:量程开关拨于"V～"范围内某一合适量程档上,表笔接法同上。注意:被测电压的频率应在"45～500Hz"范围内。

3)交、直流电流的测量:量程开关拨于"A～"或"$\overline{A}$"范围内某一合适量程档上,红表笔插入"A"或"mA μA"插孔,黑表笔插入"COM"插孔,电源开关打开,万用表串接于被测电路中,则显示器显示此电流的大小(若是直流电流,还会显示出红表笔端的极性)。

4)电阻的测量:量程开关拨于"Ω"范围内某一合适量程档上,红表笔插入"VΩ▶┃"插孔,黑表笔插入"COM"插孔,电源开关打开,表笔与被测电阻并联,显示器将显示被测电阻值。测量电阻时,红表笔为电源电压的正极,黑表笔为电源电压的负极,这与指针式万用表正好相反。因此,测量晶体管、电解电容器等有极性的元器件时,必须注意表笔的极性。

5)检测线路通断:量程开关拨于"蜂鸣器"位置上,红表笔插入"VΩ▶┃"插孔,黑表笔插入"COM"插孔,电源开关打开。两表笔分别与被测导体两端相连,若其电阻值低于30Ω,蜂鸣器发声,表示线路导通;若蜂鸣器不发声且显示"1",则表示线路断路。

四、钳形电流表的使用

一般使用普通的电流表测量电流时,应该先将被测电路断开,再将电流表串接接入被测电路中,才能进行测量,现场操作不方便。如果采用钳形电流表,在不需断开电路的情况下,就可直接测量交流电路的电流,使用非常方便。

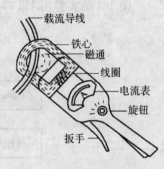

图 1-4 钳形电流表外形

钳形电流表其外形如图 1-4 所示,由穿心式电流互感器和电磁式电流表组成。

当握紧钳形电流表的扳手时,电流互感器的铁心张开,导线可以直接穿过铁心;放开扳手时,铁心闭合,则导线构成电流互感器的一次绕组。在二次绕组中串接有电流表,因此被测电流在二次绕组中产生感应电流,使二次绕组中电流表的指针发生偏转,从而在表盘上显示出被测电流值。

五、功率表的使用

常用的功率表(瓦特表)是电动式仪表,其中的固定线圈通过的电流 i_1 与负载中流过的电流 i 相同,故固定线圈也称为电流线圈,电流线圈要与负载串联;可动线圈与附加电阻串联后和负载并联,可反映负载电压,故可动线圈也称为电压线圈。由于附加电阻阻值很高,它的感抗与电阻相比可以忽略不计,所以可以认为其中电流 i_2 与两端的电压 u 同相。负载电流 i_1 的有效值为 I,i_2 与负载电压的有效值 U 成正比,φ 即为负载电流与电压之间的相位差,而 $\cos\varphi$ 即为电路的功率因数。因此

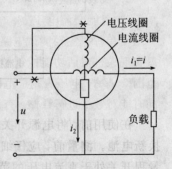

图 1-5 功率表接线方法

$$\alpha = k'UI\cos\varphi = k'P$$

可见电动式瓦特表指针的偏转角 α 与电路的平均功率成正比。

如果电动式瓦特表的两个线圈中的一个反接，指针就会反向偏转，这样就不能读出功率的数值。因此为了保证瓦特表正确连接，在两个线圈的始端标以"±"或"＊"号，这两端均应连接在电源的同一端，如图 1-5 所示。

六、绝缘电阻表的使用

绝缘电阻表又称摇表，是用来测量电器设备及电路绝缘电阻的仪表。

绝缘电阻表外形如图 1-6 所示，它主要由手摇发电机和磁电式测量机构组成。

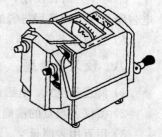

使用中需注意以下几个方面：使用前，要对绝缘电阻表进行开路和短路的测试，检查仪表是否完好。测量开始时，摇动发电机的手柄速度要慢，防止被测绝缘电阻被击穿而损坏发电机。测量时，手柄的转速要控制在 120r/min 左右且保持匀速，允许有 ±20% 的变化，但不得超过 25%。测量中，若发现指针归零，说明被测绝缘电阻出现短路现象，应立即停止摇动手柄。绝缘电阻表未停止转

图 1-6　绝缘电阻表外形图

动前，切勿用手触及设备的测量部分或摇表接线柱。测量完毕，应对设备充分放电，避免触电事故。

七、DGJ－1 型电工技术实验装置台简介

电工技术实验均在 DGJ－1 型电工技术实验装置台完成。

1. 主控功能板

1) 提供三相 0～450V 及单相 0～250V 连续可调交流电源。配有三只指针式交流电压表，通过切换开关可分别指示三相电网输入电压和三相调压输出电压。

2) 提供两路相互独立的低压稳压直流 0～30V、1A 连续可调电源，每路电源配有数字式直流电压表指示输出电压，并设有短路软截止保护和自动恢复功能。

3) 提供 0～200mA 连续可调恒流源，分 2mA、20mA、200mA 三档，从 0mA 起调，调节精度 0.1%，配有数字式直流毫安表指示输出电流，具有输出开路、短路保护功能。

4) 设有实验台照明用的 220V、30W 的荧光灯一盏，还设有实验用 220V、30W 的荧光灯灯管一支，将灯管灯丝的四个头引出，供实验用。

2. 仪表功能板

1) 智能交流电压表、电流表

由单片机主控测试电路构成全数显和全测程交流电流表、电压表各一只，通过键控、数显窗口实现人机对话功能控制模式。能对交流信号（20Hz～20kHz）进行真有效值测量，电流表测量范围 0～5A，电压表测量范围 0～500V，量程自动判断、自动切换，精度 0.5 级，四位数码显示。同时能对数据进行存储、查询、修改（共 15 组，掉电保存）。并带有计算机通信功能。

2) 真有效值交流数字毫伏表一只

能够对各种复杂波形的有效值进行精确测量，电压测试范围 0.2mV～600V（有效值），测试基本精度达到 ±1%，量程分 100mV、1V、10V、100V、600V 共 5 档，直键开关切换，三位半数字显示，每档均有超量程告警指示，并带有通信功能。测试频率范围 10Hz～1MHz，输

入阻抗 1MΩ，输入电容≤30pF。

3）智能直流电压表、毫安表（两只表）

直流电压表一只，测量范围 0～300V，精度 0.5 级；直流毫安表一只，测量范围 0～500mA，精度 0.5 级。以上两只表均为数字显示，用 5 个数码管指示。输入量程自动切换，通过键盘设定电压、电流保护值，具有超值报警、指示及切断总电源等功能，可存储测量数据，并有计算机通信等功能。

4）定时器兼报警记录仪

平时作为时钟使用，具有设定实验时间、定时报警、切断电源等功能；还可以自动记录漏电告警及仪表超量程告警的总次数。

5）通信服务管理器

八、预习思考题

1）简述磁电式、电磁式仪表的工作原理。

2）按仪表测量的准确度分，电工仪表有哪几个等级？

3）用万用表测量交、直流电压时，应分别注意哪些问题？

九、结论及思考题

1）写出电工测量仪表的分类及意义。

2）电工测量技术有什么主要优点？

第二节　基尔霍夫定律及电位的测定

一、实验目的

1）验证基尔霍夫定律的正确性，加深对基尔霍夫定律的理解。

2）验证电路中电位的相对性、电压的绝对性。

二、实验设备

DGJ－1 型电工技术实验装置。

三、实验线路

图 1-7 为基尔霍夫定律及电位实验电路图。

四、实验原理

基尔霍夫定律是电路理论中最基本也是最重要的定律之一。它概括了电路中电流和电压分别遵循的基本规律。内容包括基尔霍夫电流定律（KCL）和基尔霍夫电压定律（KVL）。使用定律前，先假定各支路电流的正方向，并标于图 1-7 中。

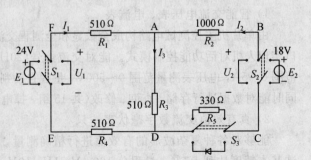

图 1-7　基尔霍夫定律及电位实验电路图

1. 基尔霍夫电流定律

在任一瞬时，流向某一结点的各支路电流代数和等于零。其数学表达式为：

$\sum I = 0$。

以图 1-7 为例，对结点 A，有：$I_1 + I_2 - I_3 = 0$。

2. 基尔霍夫电压定律

从回路中任意一点出发，以顺时针方向或逆时针方向沿回路循行一周，则在这个方向上电压的代数和等于零。其数学表达式为：$\sum U = 0$。

仍以图 1-7 为例，在外侧回路中有 $I_1 R_1 - I_2 R_2 + E_2 - I_2 R_5 + I_1 R_4 - E_1 = 0$。

3. 电位与电压

电路中两点之间的电压就是电位差。计算电位时，必须选定电路中某一点作为参考零电位。那么电路中任意一点的电位就是该点与参考点间的电压。参考零电位选择的不同，则其他各点的电位也可能不同；但任意两点间的电压不随参考零电位的选取而改变。

五、实验内容

1）按图 1-7 接线，分别令两路直流稳压电源 $E_1 = 24V$，$E_2 = 18V$。用直流数字电压表测量无误后，接入电路中。

2）实验前，应先设定三条支路的电流的正方向。在图 1-7 中，三条支路的电流 I_1、I_2、I_3 的正方向已设定好。

3）验证基尔霍夫电流定律。

熟悉电流插头的结构，将电流插头的两端接至直流数字电流表的"＋、－"两端。如图 1-8 所示。

按图示各电流的正方向将电流插头分别插入三条支路的三个电流插座中，读出并记录各支路电流值于表 1-5 中。

4）验证基尔霍夫电压定律

假定下标顺序按电位降低的方向规定，用直流数字电压表分别测量各段电路两端的电压值，并记录于表 1-5 中。

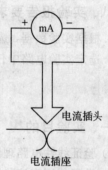

电流插头

电流插座

图 1-8 电流插头使用示意图

表 1-5 基尔霍夫定律数据记录

被测量	I_1	I_2	I_3	E_1	E_2	U_{FA}	U_{AB}	U_{AD}	U_{CD}	U_{DE}
单 位	mA	mA	mA	V	V	V	V	V	V	V
测量值										

5）电位测量

以图 1-7 中的 A 点作为电位的参考点，分别测量 B、C、D、E、F 各点的电位值 V 及相邻两点之间的电压值 U_{AB}、U_{BC}、U_{CD}、U_{DE}、U_{EF} 及 U_{FA}，数据列于表 1-6 中。

以 D 点作为参考点，重复上述实验，测得数据列于表 1-6 中。

表 1-6 电位测量数据记录

参考点	电 位						电 压					
	V_A	V_B	V_C	V_D	V_E	V_F	U_{AB}	U_{BC}	U_{CD}	U_{DE}	U_{EF}	U_{FA}
A												
D												

六、实验注意事项

1）所有需要测量的电压值和电位值，均以电压表测量的读数为准。U_1、U_2也需测量，不应取直流稳压电源本身的显示值。

2）防止稳压电源两个输出端相碰短路。

3）用数显电压表或电流表测量电压或电流时，应按规定正方向接入被测电路，可直接读出电压或电流值及其极性。

4）测量电位时，数字直流电压表的负表棒（黑色）接参考电位点，用正表棒（红色）依次接被测各点。

七、预习要求

1.预习实验原理、实验内容。

2.仔细阅读实验注意事项。

3.填写预习报告。

八、实验报告要求

1.根据实验数据，选定结点 A，验证 KCL 的正确性。

2.选定实验电路中任一个闭合回路，验证 KVL 的正确性。

第三节　叠加原理及戴维南定理

一、实验目的

1）验证线性电路理论中的叠加原理及等效电源定理，巩固所学的理论知识。

2）学习使用直流稳压电源、直流电流表、直流电压表。

二、实验设备

DGJ－1 型电工技术实验装置。

三、实验线路

叠加原理实验电路如图 1-9 所示。

戴维南定理实验电路如图 1-10 所示。

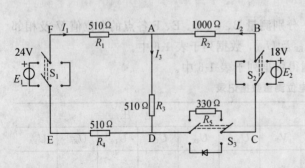

图 1-9　叠加原理实验电路图

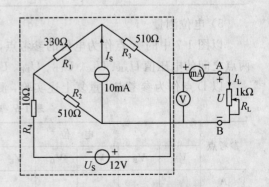

图 1-10　戴维南定理实验电路图

四、实验原理

1. 叠加原理

在线性电路中，当有几个电源共同作用时，任一支路中的电流（或电压）都可以认为是各个电源单独作用时在该支路中所产生电流（或电压）相叠加的结果。所谓各个电源单独作用，就是假设其他电源作用取消（电压源短路，电流源开路）、内阻保留、电路结构不变。利用欧姆定律求解电源单独作用时在该支路中所产生的电流（或电压），参考方向保持不变。当求电流（或电压）的代数和时，则直接相加即可，如图 1-11a～c）所示。

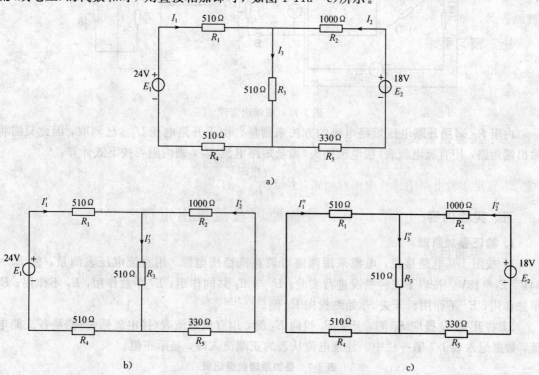

图 1-11　叠加原理电路图

a) E_1、E_2 同时作用　b) E_1 单独作用　c) E_2 单独作用

$$I_1 = I'_1 + I''_1; \qquad I_2 = I'_2 + I''_2; \qquad I_3 = I'_3 + I''_3$$

式中，I'_1、I'_2、I'_3 为 E_1 单独作用时各支路的电流；I''_1、I''_2、I''_3 为 E_2 单独作用时各支路的电流；I_1、I_2、I_3 为 E_1、E_2 共同作用时各支路的电流。

注意由于分析过程中参考方向始终保持不变，因此各电源单独作用时的支路电流可能出现负号。

叠加原理实验采用 E_1、E_2 共同作用于由 3 条支路构成的电路。上述电源处理方法只能用于电路分析，实际电压源不可以短路。实验中，令 E_1 单独作用时，将开关 S_1 投向 E_1 侧，开关 S_2 投向短路侧，E_2 单独作用时，将开关 S_2 投向 E_2 侧，开关 S_1 投向短路侧，与分析不同之处在于，内阻连同电源一同切除。

2. 等效电源定理

任何有源二端线性网络，就它的外部特性来说，可以用一个电动势为 E_0 和内阻为 R_0 相串联的等效电源来代替。等效电动势 E_0 等于有源二端网络的开路电压，内阻 R_0 等于有源二端网络中所有电源作用取消(电压源短路、电流源开路)、内阻保留、电路结构不变时的入端电阻。

本实验中,等效电动势 E_0 用直流电压表测量。以图 1-12 为例,负载电阻 R_L 开路时,AB 之间的电压 U_{ABK} 即为等效电动势 E_0。

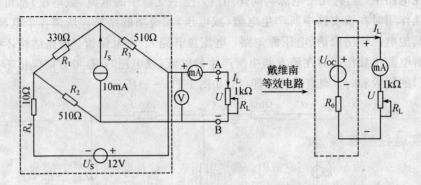

图 1-12　戴维南定理

内阻 R_0 采用开路电压短路电流的方法来测量。由于开路电压 U_{ABK} 已测取,因此只需将输出端短路,用直流电流表(接电流插头)测量短路电流 I_{SC},则内阻可按下式计算:

$$R_0 = \frac{U_{OC}}{I_{SC}}$$

五、实验内容

1. 验证叠加原理

1)按图 1-9 电路接线,电源采用两路可调直流稳压电源,用直流电压表测量,使 $E_1 = 24V$,$E_2 = 18V$。按以下三种情况进行实验:E_1 与 E_2 共同作用;E_1 单独作用,E_2 不作用;E_2 单独作用,E_1 不作用。开关 S_3 始终投向 R_5 侧。

2)将开关 S_1 投向 E_1 侧,开关 S_2 投向 E_2 侧,用直流电流表(接电流插头)测量各支路电流,数据记入表 1-7 第一栏中。注意电流从表的正端流入时,显示正值。

表 1-7　叠加原理数据记录

$E_1 = 24V$、$E_2 = 18V$			$E_1 = 24V$、$E_2 = 0$			$E_1 = 0$、$E_2 = 18V$		
I_1	I_2	I_3	I'_1	I'_2	I'_3	I''_1	I''_2	I''_3

3)将开关 S_1 投向 E_1 侧,开关 S_2 投向短路侧,用直流电流表(接电流插头)测量各支路电流,数据记入表 1-7 第二栏中。

4)将开关 S_1 投向短路侧,开关 S_2 投向 E_2 侧,用直流电流表(接电流插头)测量各支路电流,数据记入表 1-7 第三栏中。

2. 验证戴维南定理

1)按图 1-12 接线。U_S 为直流稳压电源,调节其输出为 +12V;I_S 为恒流源,调节其输出为 10mA。

2)负载电阻 R_L 开路,直流电压表测量 AB 之间的电压 U_{ABK},数据记入表 1-8 第一栏中。

3)将输出端短路,用直流电流表(接电流插头)测量短路电流 I_{SC},数据记入表 1-8 第二栏中。

4)输出端接 1 kΩ 负载电阻 R_L,用直流电流表(接电流插头)测量电流 I_L,数据记入表 1-

8 第四栏中。

5）按要求计算表 1-8 第三栏、第五栏数据。负载电阻 R_L 均为 1 kΩ 条件下，比较 I_L 与 I_L'，验证戴维南等效电源定理。

表 1-8 戴维南定理数据记录

测量开路电压 U_{OC}	测量短路电流 I_{SC}	计算内阻 R_0	测量负载电流 I_L	计算负载电流 I_L'
$U_{OC}=U_{ABK}=$	$I_{SC}=$	$R_0=\dfrac{U_{OC}}{I_{SC}}=$	$I_L=$	$I_L'=$

六、实验注意事项

1）用电流插头测量各支路电流时，或用电压表测量各电压时，应注意仪表的极性，按规定正方向接入被测电路，并将数值及符号一起记入数据表格。

2）注意及时更换仪表量程。

3）电压源置零时不可将电压源短接，而应使用开关（S_1 或 S_2）进行切换。

4）注意恒流源不要开路。

5）改接线路时，应关掉电源进行。

七、预习要求

1）预习实验原理、实验内容。

2）仔细阅读实验注意事项。

3）填写预习报告。

八、实验报告要求

1）根据实验数据，验证线性电路的叠加性。

2）根据实验数据，验证戴维南等效电源定理。

3）回答思考题。

九、思考题

1）各电阻器所消耗的功率能否用叠加原理计算得出？试用上述实验数据进行计算并作结论。

2）叠加原理中 E_1、E_2 分别单独作用时，可否直接将不作用的电源短接？

3）如何利用基尔霍夫电流定律证明叠加原理各次测量值的正确性？

4）如何用伏安法测取内阻 R_0？

第四节　受控源 VCCS、CCVS 的实验研究

一、实验目的

通过测试受控源的外特性及其转移参数，进一步理解受控源的物理概念，加深对受控源的认识和理解。

二、实验设备

DGJ—1 型电工技术试验装置

三、实验线路

图 1-13 为受控源实验电路图。

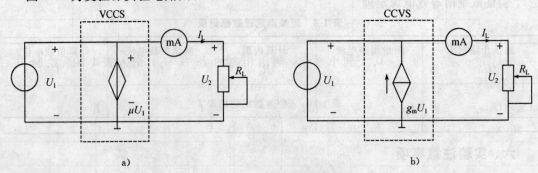

图 1-13　受控源实验电路图
a) 电压控制电流源 VCCS　b) 电流控制电压源 CCVS

四、实验原理

1. 独立电源与受控电源

独立电源是指电压源的电压或电流源的电流不受外电路的控制而独立存在。

受控电源则是指电压源的电压和电流源的电流,是受电路中其他部分的电流或电压控制的。当控制的电压或电流等于零时,受控电源的电压或电流也将为零。当控制的电压或电流改变方向时,受控电源的电压或电流也将改变方向。

在电路图中,受控电源用菱形表示。

2. 受控电源的转移函数

根据受控电源是电压源还是电流源,以及受电压控制还是受电流控制。受控电源可分为电压控制电压源(VCVS)、电压控制电流源(VCCS)、电流控制电压源(CCVS)、电流控制电流源(CCCS)四种类型。

受控电源用 μ,g_m,r_m,β 表示根据受控电源的电压或电流和控制它们的电压或电流之间的关系。受控源的控制端与受控端的关系称为转移函数,四种受控源转移函数参量的定义如下:

(1) 电压控制电压源(VCVS)

$$U_2 = f(U_1) \qquad \mu = U_2/U_1 \text{ 称为转移电压比(或电压增益)}$$

(2) 电压控制电流源(VCCS)

$$I_2 = f(U_1) \qquad g_m = I_2/U_1 \text{ 称为转移电导}$$

(3) 电流控制电压源(CCVS)

$$U_2 = f(I_1) \qquad r_m = U_2/I_1 \text{ 称为转移电阻}$$

(4) 电流控制电流源(CCCS)

$$I_2 = f(I_1) \qquad \beta = I_2/I_1 \text{ 称为转移电流比(或电流增益)}$$

五、实验内容

1) 测量受控源电压控制电流源(VCCS)的转移特性 $I_L = f(U_1)$ 及负载特性 $I_L = f(U_2)$,实验线路如图 1-13a 所示。

固定 $R_L = 2\text{k}\Omega$,调节稳压电源的输出电压 U_1,测出相应的 I_L 值,记入表 1-9。绘制 $I_L =$

$f(U_1)$ 曲线，并由其线性部分求出转移电导 g_m。

表 1-9 VCCS 数据记录表 1

U_1/V	0.1	0.5	1.0	1.5	2.0	2.5	3.0	3.5	g_m
I_L/mA									

保持 $U_1 = 2V$，令 R_L 从大到小变化，测出相应的 I_L 及 U_2，记入表 1-10。绘制 $I_L = f(U_2)$ 曲线。

表 1-10 VCCS 数据记录表 2

$R_L/k\Omega$	50	20	10	8	7	6	5	4	2	1
I_L/mA										
U_2/V										

2）测量受控源电流控制电压源 CCVS 的转移特性 $U_2 = f(I_1)$ 与负载特性 $U_2 = f(I_L)$，实验线路如图 1-13b 所示。

固定 $R_L = 2k\Omega$，调节恒流源的输出电流 I_S，按下表所列 I_S 值，测出 U_2，记入表 1-11。绘制 $U_2 = f(I_1)$ 曲线，并由其线性部分求出转移电阻 r_m。

表 1-11 CCVS 数据记录表 1

I_1/mA	0.1	1.0	3.0	5.0	7.0	8.0	9.0	9.5	r_m
U_2/V									

保持 $I_S = 2mA$，按下表所列 R_L 值，测出 U_2 及 I_L，记入表 1-12。绘制负载特性曲线 $U_2 = f(I_L)$。

表 1-12 CCVS 数据记录表 2

$R_L/k\Omega$	0.5	1	2	4	6	8	10
U_2/V							
I_L/mA							

六、实验注意事项

1）每次改接线路前，必须事先断开供电电源，但不必关闭电源总开关。

2）用恒流源供电的实验中，不要使恒流源的负载开路。

七、预习要求

1）预习实验原理、实验内容。

2）仔细阅读实验注意事项。

3）填写预习报告。

八、实验报告要求

1）根据实验数据，绘出受控源电压控制电流源 VCCS 的转移特性和负载特性曲线，并求出相应的转移参量。

2）根据实验数据，绘出受控源电流控制电压源 CCVS 的转移特性和负载特性曲线，并求出相应的转移参量。

第五节　感性电路功率因数的改善

一、实验目的

1）了解荧光灯电路的组成，工作原理和线路的连接。

2）熟悉正弦交流电路的主要特点：①掌握交流并联电路中总电流与各支路电流的关系；②掌握交流串联电路总电压与各元件电压的关系。

3）认识提高功率因数的意义，了解功率因数改善的措施。

4）练习按图接线的能力。

5）熟悉交流电压表、电流表、功率表的使用。

二、实验设备

DGJ－1型电工技术实验装置。

三、实验线路

图1-14为感性电路实验电路。

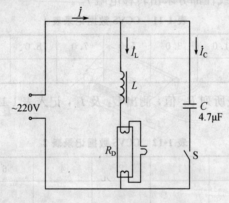

图1-14　感性电路实验电路图

四、实验原理

1. 提高功率因数的意义

交流电路的有功功率 $P = UI\cos\varphi$，其中的 $\cos\varphi$ 就是功率因数，φ 是电压与电流的相位差角。当负载端电压 U 和消耗的功率 P 为定值时，$\cos\varphi$ 越大，在电路中的电流（$I = \dfrac{P}{U\cos\varphi}$）越小，则减少了输电线路的电能损耗，同时增加了发电设备的利用率，因此提高功率因数是节约能源和提高发电设备利用率的重大措施。

一般工厂中的大多数负载设备都是感性负载，其功率因数均低于1。如何提高功率因数而不改变负载的工作电压，通常采用的方法是给感性负载两端并联合适的电容，如图1-15所示。由相量图1-16可见，整个电路的功率因数 $\cos\varphi_2$ 提高了，总电流减小了（并联前的总电流是 $\dot{I}_L$，并联后的总电流是 $\dot{I}$）；但负载的电流并没有变化；负载的功率因数没有变化；电路中有功功率在并联电容前后没有发生变化。

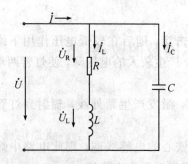
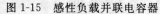
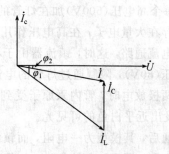

图 1-15 感性负载并联电容器　　　　图 1-16 电路并联电容后的相量图

2. 荧光灯工作原理

荧光灯又称日光灯,是目前广泛使用的一种电光源。

荧光灯电路由灯管、辉光启动器和镇流器三个主要部件组成,如图 1-17 所示。

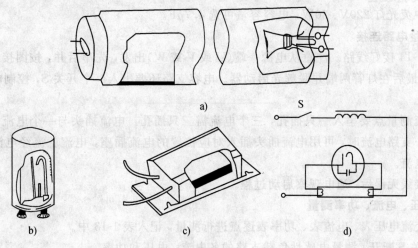

图 1-17 荧光灯组成

a) 灯管 b) 辉光启动器 c) 镇流器 d) 接线图

在玻璃灯管的两端各装有钨丝电极,电极与两根引入线焊接,并固定在玻璃柱上,引入线与灯帽的两个灯脚连接。

灯管内壁均匀地涂一层荧光粉,管内抽成真空并充入少量汞和惰性气体氩,如图 1-17 a)所示。

辉光启动器是在一个充有氖气的玻璃泡中装有固定的静触片和双金属片制成的 U 形动触片,如图 1-17b)所示。由图 1-17d)可知它在电路中与灯管并联。

镇流器是一个具有铁心的线圈,如图 1-17c)所示。自感系数较大。由图 1-17d)可知它在电路中与灯管串联。

荧光灯电路的工作过程如下:

当接通电源后,电源电压加在辉光启动器的动触片和静触片之间,由于电极间的间隙小,使泡内氖气产生辉光放电,其热量使双金属片变形,并与静触片接通,使灯管灯丝通过电流而被加热,发射出大量电子。

由于辉光启动器的动、静触片接通,辉光放电消失,双金属片冷却后恢复原状,使动、静触片断开,电路的电流被迅速切断,镇流器的线圈中瞬间产生一个自感电动势,与电源电压叠加，形成一个高电压(500V)加在灯管的两端。

因管内存在大量电子，在高电压作用下，使气体击穿，随后在较低电压作用下维持放电状态而形成电流通路，这时，镇流器由于本身的阻抗，产生较大的电压降，使灯管两端维持较低的工作电压(80V)，限制通过灯管的电流。

当灯管两极放电时，管内汞原子受到电子的碰撞，激发产生紫外线，辐射到灯管内壁的荧光粉上，发出近乎白色的可见光。

灯管导通后，其模型为一电阻，而镇流器为一带铁心的电感线圈，则此电路中灯管与镇流器为串联电路，即 RL 串联电路。灯管导通后，辉光启动器失去作用。

荧光灯电路为感性负载，其功率因数一般在 0.3～0.4，本实验，利用荧光灯电路来模拟实际的感性负载，观察交流电路的各种现象。

五、实验内容

实验中荧光灯 220V、30W，电容容量可选 $4.7\mu F$。

1. 实验电路连接

按图 1-14 接好线路。注意从电源一端(U 或 V 或 W)出发，先串后并，按图接线，回到另一端(N)，最后在灯管两端并联辉光启动器。电容支路还要串入一个开关 S，控制电容切入与否。

各电流测量点要串入一只插孔，三个电流需三只插孔。电流插头与一个电流表相接，当需测量某一支路电流时，可用电流插头插入对应位置的电流插座，电流就流经电流表而测得所需支路电流。

检查接线无误后，通电观察启动过程。

2. 电压、电流、功率测量

采用交流电压表、电流表、功率表逐点进行测量，记入表 1-13 中。

1) 开关 S 断开，测量电感性负载支路的各电流，电压和功率。

2) 开关 S 闭合，测量电感性负载支路和总电路的各电流，电压和功率。

表 1-13　感性电路数据记录表

电容器	P /W	U /V	U_R/V	U_L/V	I /A	I_C/A	I_L/A	计算 $\cos\varphi$
无 C						0		$\cos\varphi_1 = \dfrac{P}{UI} =$
有 C								$\cos\varphi_2 = \dfrac{P}{UI} =$

注意电流表接插头，电压表接表笔。使用时应根据被测电路中电流及电压的大小，分别选用合适的电流、电压量程。交流电表读数为有效值。

六、实验注意事项

1) 本实验采用交流电压为 220V。实验时要注意人身安全，不可触及导电部件，防止意外事故发生。

2) 功率表要正确接入电路。注意电压、线圈和被测电压并联，电流线圈和被测电流串联。功率表电流及电压端子上标有符号 ＊端是同名端(或称对应端)，即为电流及电压两个线圈的始端，接线时应连接在电源的同一端。

3）每次接线完毕，同组同学应自查一遍，然后由指导教师检查后，方可接通电源，必须严格遵守先断电、再接线、后通电；先断电、后拆线的实验操作要求。

4）线路接线正确，荧光灯不能起动时，应检查辉光启动器或灯管是否接触良好。

5）灯管点亮之前不要接入电流表。

七、预习要求

1）预习实验原理、实验内容。

2）仔细阅读实验注意事项。

3）填写预习报告。

八、实验报告要求

1）根据所测数据验证各电压之间是否满足代数和关系，各电流是否满足代数和关系。

2）根据实验数据，计算荧光灯管的等效电阻值 R。

3）回答思考题。

九、思考题

1）分析并联电容前后，以上所测各个数据是否发生变化并解释原因。

2）为什么用并联电容的方法提高感性负载的功率因数？串联电容行不行？为什么？

3）功率值在实验时若出现负读数，可用什么方法处理？

第六节　RLC 串联电路频率特性的研究

一、实验目的

1）学习测量交流电路阻抗与频率的关系。

2）研究串联谐振现象及电路参数对谐振特性的影响。

3）用实验方法测定 RLC 串联电路的谐振频率和绘制谐振曲线，加深理解电路发生串联谐振的条件。

二、实验设备

DGJ－1 型电工技术试验装置。

三、实验线路

图 1-18 为频率特性研究实验电路图。

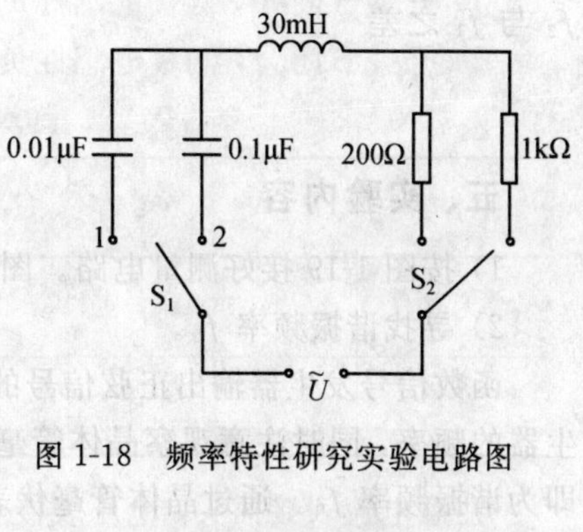

图 1-18　频率特性研究实验电路图

四、实验原理

串联谐振

在 RLC 串联的电路（见图 1-19）中，电路的性质、电路中的电流及元件上的电压与电源的频率有关。若调节电路的参数或电源的频率，使电路两端的电压与其中的电流达到同相，则称电路发生了谐振。若在串联电路中发生谐振，称之为串联谐振。

当电压、电流达到同相时，根据电路可以得出谐振的条件：$X_L = X_C$（即 $\omega L = \dfrac{1}{\omega C}$），即当

电源频率为

$$\omega_0 L = \frac{1}{\omega_0 C} \qquad \omega_0 = \frac{1}{\sqrt{LC}}$$

或写成

$$f_0 = \frac{1}{2\pi\sqrt{LC}}$$

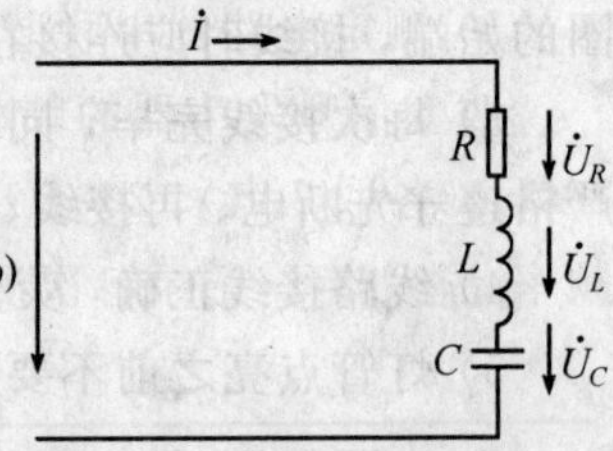

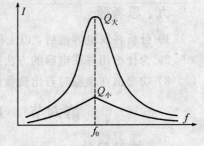

图 1-19　RLC 串联谐振电路图

时，电路发生谐振。上式说明由电感 L 和电容 C 组成的电路具有一定的固有频率 f_0（或固有角频率 ω_0）。当外加电源的频率与电路的固有频率相同，便发生谐振现象。

由串联谐振的条件可得到串联谐振的特征：

1）串联谐振电路呈电阻性（$|Z| = \sqrt{R^2 + (X_L - X_C)^2} = R$）。

2）谐振时，电路的阻抗模达到最小，电路中的电流 I_0 最大，同时 R 上的电压降达到最大值。对 RLC 参数固定的串联电路只有一个谐振频率 f_0，当电路的 $f < f_0$ 时，U_R 是单调上升的，在 $f > f_0$ 时，U_R 是单调下降的，本实验正是利用这一特点来找谐振频率 f_0 的。

3）电路中，若有 $X_L = X_C > R$，则 U_L 和 U_C 都高于电源电压。因此在实验中，测量 U_L 和 U_C 时，毫伏表的量程应调大一些。谐振时，电容（或电感）上的电压有效值和电源电压有效值的比称为电路的品质因数，记作 Q。谐振电路的性能常用电路的品质因数 Q 表示。

回路中的电流与电源角频率的关系图形为串联谐振曲线。如图 1-20 所示，不同的 Q 值，谐振曲线不同，Q 值越大，曲线越尖锐，频率选择较好。常用通频带定量描述电路频率选择性的好坏。它的大小规定为：$0.707I_0$ 对应的频率 f_2 与 f_1 之差

图 1-20　串联谐振曲线

$$\Delta f = f_2 - f_1 = \frac{f_0}{Q}$$

五、实验内容

1）按图 1-19 接好测量电路。图中 R 由表 1-14 给出，$C = 0.1\mu F$，$L = 30\ mH$。

2）寻找谐振频率 f_0。

函数信号发生器输出正弦信号的电压 $U = 1V$，并保持整个测量过程中不变。调节信号发生器的频率，同时注意观察晶体管毫伏表的读数，当它达到最大值时，电路谐振，这时的频率即为谐振频率 f_0。通过晶体管毫伏表测量电阻 R 上的电压 U_{R0}，电感 L 上的电压 U_{L0}，电容 C 上的电压 U_{C0}。记入表 1-14 中。Q 值为计算值。

毫伏表量程可先取 1V。

表 1-14　谐振点数据记录

R	f_0/kHz	U_{R0}/V	U_{L0}/V	U_{C0}/V	Q
200Ω					
1kΩ					

3）测定电路的串联谐振曲线。

改变信号发生器的频率，以谐振频率 f_0（表 1-15 第 6 栏）为中心，分别向两侧依次间隔 100Hz（各取 2 点）、200Hz 作为测量频率点，（可增加表栏）直至测出与 $U_R=70\%U_{R0}$ 时对应的频率 f_1 及 f_2。记录各次测量时的频率 f 及电阻 R 上的电压 U_R 于表 1-15 中，计算 I 值。

表 1-15 谐振曲线数据记录

	f/kHz										
200Ω	U_R/V										
	I/mA										
	f/kHz										
	U_R/V										
1kΩ	I/mA										
	U_C/V										
	U_L/V										

注：$I=U_R/R$，$X_L=U_L/I$，$X_C=U_C/I$。

六、实验注意事项

1）每次变换电阻、变换频率测试前，应调整信号源输出幅度，使其维持在 1V。

2）测量 U_C 和 U_L 数值前，应将毫伏表的量程取大。

3）在靠近谐振频率附近的频率测试点的频率间隔应取小一些。

七、预习要求

1）预习实验原理、实验内容。

2）仔细阅读实验注意事项。

3）填写预习报告。

八、实验报告要求

1）在同一坐标上做出 $R=200\Omega$ 和 $R=1\text{k}\Omega$ 时 $I\text{-}f$ 的曲线，再根据曲线找出通频带宽度 Δf，然后分析 R 对 Q 的影响。

2）在同一坐标上做出 $X_L\text{-}f$，$X_C\text{-}f$ 的曲线，并说明 RLC 串联电路在 $f < f_0$ 和 $f > f_0$ 时各呈现什么性质？

3）回答思考题。

九、思考题

1. 品质因数 Q 有哪些物理意义？有何应用价值？

2. 测量串联电路频率特性时，为什么要保持电源输出电压大小恒定不变？

第七节 三相负载的联结方式

一、实验目的

1）掌握三相负载的正确联结方法。

2）验证三相对称负载的线电压与相电压、线电流与相电流的关系。

3）了解星形联结不对称负载时中线的作用。

二、实验设备

DGJ－1 型电工技术实验装置。

三、实验线路

图 1-21 为两种接法的实验线路。

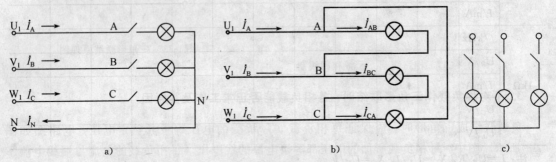

图 1-21 负载联结线路图

a）负载星形联结　b）负载三角形联结　c）每相负载联结

四、实验原理

当电源用三相四线制向负载供电时，必须考虑负载的联结。三相负载可接成星形（又称Y形）或三角形（又称△形）。

1. 三相负载作星形或三角形联结的原则

无论采用何种联结，都应保证负载的正常工作：即负载实际承受的电压必须等于其额定工作电压。因此，根据电源提供的电压及负载的额定电压，在保证满足上述条件时，负载可成星形联结或三角形联结。例如三相四线制电源相电压为 220V，线电压为 380V，每相负载的额定电压为 220V。这时，三相负载应作星形联结，以保证每相负载实际承受的电压等于其额定值。

2. 负载星形联结时，有中线和无中线对负载的影响？

负载星形联结有两种形式，三相四线制（即有中线）和三相三线制（即无中线），如图 1-22 所示。

在三相四线制中，由于有中线，无论负载对称与否，都可保证负载工作于额定电压。当负载对称时，中线的电流为零（$\dot{I}_A + \dot{I}_B + \dot{I}_C = 0$）；当负载不对称时，中线上一定有电流（$\dot{I}_A + \dot{I}_B + \dot{I}_C = \dot{I}_N$）。负载不对称是大量的，因此，一般为保证负载工作于额定电压，中线是不能断开的。

在三相三线制中，当负载对称时，电源的中性点 N 与负载的中点 N′的电位相等，依然可使得负载工作于额定电压。但当负载不对称时，由于没有中线，使得电源的中性点 N 与负载的中点 N′之间出现一定的电压。这时三相负载有的电压高于负载的额定电压，有的电压低于负载的额定电压，负载不能正常工作，因此要避免这种情况的发生。

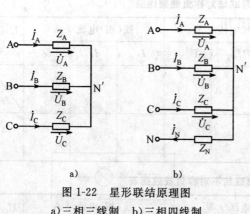

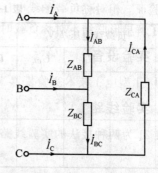

图 1-22　星形联结原理图　　　　　　　图 1-23　三角形联结原理图
a)三相三线制　b)三相四线制

3. 不对称负载作三角形联结时，各相负载能否正常工作及其原因

负载联结成三角形时，应保证每相负载实际承受的电压等于其额定电压，电路图如图 1-23 所示。图中，每相负载所加的电压都等于电源的线电压。每相负载的电流与端线电流不同，前者分别以 $\dot{I}_{AB}$、$\dot{I}_{BC}$、$\dot{I}_{CA}$ 代表，后者分别以 I_A、I_B、I_C 代表。每相负载的电流只取决于它本身的阻抗和它承受的电压，且不需流经其它负载。因而只要电源电压正常，不论负载对称与否，均能正常工作。

4. 三相对称负载的电压、电流关系

当三相对称负载作星形联结时，线电压 U_L 是相电压 U_P 的 $\sqrt{3}$ 倍，线电流 I_L 等于相电流 I_P；即 $U_L = \sqrt{3}U_P$，$I_L = I_P$；作三角形联结时，线电压 U_L 等于相电压 U_P，线电流 I_L 是相电流 I_P 的 $\sqrt{3}$ 倍，即 $I_L = \sqrt{3}I_P$，$U_L = U_P$。

三相不对称负载的电压、电流无上述固定关系。

五、实验内容

实验中，为保证设备安全，采用三相调压器调压输出 220V 电源 U_1、V_1、W_1 作为三相交流电源线电压，用 3 组白炽灯作为三相负载，每组 3 只白炽灯，如图 1-21c 所示。采用开关全开作为对称负载，采用 A 相开 3 只、B 相开 2 只、C 相开 1 只灯泡作为三相不对称负载。线电流、相电流、中线电流用电流插头和插座测量。

1. 负载星形联结

1）按图 1-21a 所示线路接线。

2）利用开关形成对称负载（每相均开 3 只灯）。

3）利用开关形成不对称负载（A 相开 3 只灯，B 相开 2 只灯，C 相开 1 只灯）。

测量上述两种条件下，负载线电压、负载相电压、线电流（相电流）和中线电压、中线电流。记录数据于表 1-16、表 1-17 中。

注意负载相电压不是电源相电压，是各相线对负载中性点 N′ 的电压。无中线时打开中线开关，实际中线不能装开关。

4）观察各相灯组亮暗的变化程度与电压高低的关系，特别要注意观察中线的作用。

表 1-16 星形联结对称负载数据表

被测量\次序	负载线电压 / V			负载相电压 / V			线(相)电流 / A			$U_{NN'}$ / V	I_N / A
	U_{AB}	U_{BC}	U_{CA}	$U_{AN'}$	$U_{BN'}$	$U_{CN'}$	I_A	I_B	I_C		
有中线											
无中线											

表 1-17 星形联结不对称负载数据表

被测量\次序	线电压 / V			相电压 / V			线(相)电流 / A			$U_{OO'}$ / V	I_N / A
	U_{AB}	U_{BC}	U_{CA}	$U_{AN'}$	$U_{BN'}$	$U_{CN'}$	I_A	I_B	I_C		
有中线											
无中线											

2. 负载三角形联结

1）按图 1-21 b 所示线路接线。

2）利用开关形成对称负载（每相均开 3 只灯）。

3）利用开关形成不对称负载（A 相开 3 只灯，B 相开 2 只灯，C 相开 1 只灯）。

测量上述两种条件下，负载线电压、负载相电压、线电流、相电流。记录数据于表 1-18 中。并观察两种条件下灯的亮度。

注意电流插座线电流、相电流与表格中要求的测量值对应关系。

表 1-18 三相负载三角形联结数据表

被测量\负载接法	负载电压 / V			线电流 / A			相电流 / A		
	U_{AB}	U_{BC}	U_{CA}	I_A	I_B	I_C	I_{AB}	I_{BC}	I_{CA}
对称负载									
不对称负载									

六、实验注意事项

1）本实验采用 220V 三相交流电。实验时要注意人身安全，不可触及导电部件，防止意外事故发生。

2）为避免烧坏灯泡，DG08 实验挂箱内设副边有过电压保护装置。当任一相电压大于 250V 时，即声光报警并跳闸。因此负载端的变压器线电压采用 220 V。

3）每次接线完毕，同组同学应自查一遍，然后由指导教师检查后，方可接通电源，必须严格遵守先断电、再接线、后通电；先断电、后拆线的实验操作要求。

七、预习要求

1）预习实验原理、实验内容。

2）仔细阅读实验注意事项。

3）填写预习报告。

八、实验报告要求

1）根据实验数据计算三相四线制电源和负载星形联结线电压和相电压的比值，并与理论值进行比较。

2）根据实验数据计算三角形联结时线电流和相电流的比值，并与理论值进行比较。

3）说明星形联结时中线的作用。

4）回答思考题。

九、思考题

1）三相四线制供电系统中中线的作用，中线上能安装熔丝吗？为什么？

2）不对称三角形联结的负载，能否正常工作？

3）负载作星形无中线联结时，一相负载断路，将产生什么后果？

第八节　*RC*串联电路的暂态过程

一、实验目的

1）观测和掌握*RC*串联电路暂态过程的规律，了解时间常数对暂态过程的影响。

2）观测和掌握微分电路和积分电路的作用以及它们的区别。

二、实验设备

DGJ－1型电工技术实验装置。

三、实验线路

图1-24为*RC*串联电路的暂态过程实验线路图。

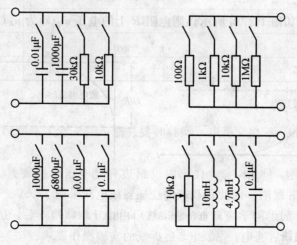

图1-24　*RC*串联电路的暂态过程实验线路图

四、实验原理

RC 串联电路在接通或断开直流电源的瞬间,相当于受到阶跃电压的影响,电路对此要作出响应,会从一个稳定态转变到另一个稳定态,这个转变过程称为暂态过程。

1. RC 串联电路的充放电过程

（1）RC 充电电路

如图 1-25 所示,在 $t=0$ 时将开关 S 接 1,电路与恒定电压为 U 的电压源 E 接通,电容处于充电过程（假设 $u_C(0_-)=0$）。电容充电的电压 $u_C(t)$ 为 $u_C(t)=U(1-e^{-\frac{t}{\tau}})$，$u_C(t)$ 曲线如图 1-26 a 所示。充电电流 i 为 $i=C\dfrac{du_C(t)}{dt}=\dfrac{U}{R}e^{-\frac{t}{\tau}}$，则电阻 R 上的电压 $u_R(t)$ 为：$u_R(t)=Ri=Ue^{-\frac{t}{\tau}}$，$u_R(t)$ 的曲线如图 1-26 b 所示。公式中 $\tau=RC$，称为时间常数。τ 越大,电容充电越慢,即暂态过程时间越长。

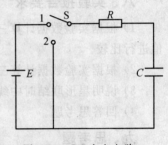

图 1-25　RC 充电电路

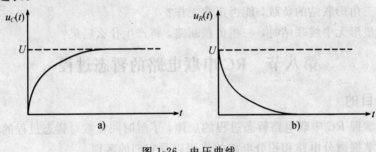

图 1-26　电压曲线
a）电容 C　b）电阻 R

（2）RC 放电电路

如图 1-25 所示,在 $t=0$ 时将开关 K 接 2,电容处于放电过程（假设 $u_C(0_-)=U$）。电容放电的电压 $u_C(t)$ 为 $u_C(t)=Ue^{-\frac{t}{\tau}}$，$u_C(t)$ 曲线如图 1-27 a）所示。放电电流 i 为 $i=C\dfrac{du_C(t)}{dt}=-\dfrac{U}{R}e^{-\frac{t}{\tau}}$，$i(t)$ 的曲线如图 1-27 b 所示。则电阻 R 上的电压 $u_R(t)$ 为 $u_R(t)=Ri=-Ue^{-\frac{t}{\tau}}$。

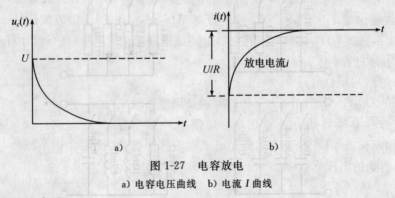

图 1-27　电容放电
a）电容电压曲线　b）电流 I 曲线

2. 微分和积分电路

微分电路和积分电路是电容器充放电现象的一种应用。

在 RC 电路中，输入信号电压 u 是矩形脉冲信号，其脉冲宽度为 T_1，脉冲间隔为 T_2。

（1）微分电路

若此 RC 电路时间常数 $\tau = RC$ 远远小于 T_1 和 T_2，并以 u_R 为输出量，则 u_R 输出为正负尖脉冲，这种电路叫微分电路，如图 1-28 所示。

（2）积分电路

若此 RC 电路时间常数 $\tau = RC$ 远远大于 T_1 和 T_2，并以 u_C 为输出量，则 u_C 输出为锯齿波电压，这种电路叫积分电路，如图 1-29 所示。

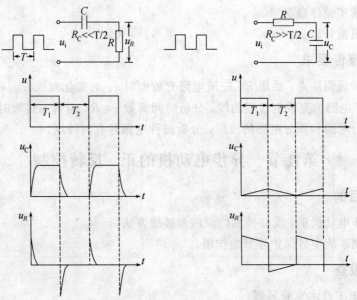

图 1-28 微分电路及波形曲线   图 1-29 积分电路及波形曲线

五、实验内容

1）如图 1-24 所示实验线路图，请认清 R、C 元件的布局及其标称值，各开关的通断位置等。本实验采用方波信号加于 RC 串联电路时产生的暂态曲线进行研究。

2）RC 电路充放电过程

取 $C = 0.01\mu F$、$R = 10k\Omega$，串联。通过示波器 CH1 的 DC 耦合方式观察，调节函数信号发生器的方波输出端，产生 $U = 5V$，频率为 300Hz，占空比 1∶1 的方波信号，加在实验电路输入端后，用示波器 CH2 观察电阻和电容上的波形并记录于图中（自行设计）；再将电阻改为 $30k\Omega$，重复上述过程。

3）微分电路与积分电路

如图 1-30，取 $C = 0.01\mu F$，$R = 10k\Omega$，将 RC 电路输入端接函数信号发生器的方波输出端，矩形脉冲频率 $f = 300Hz$。用示波器 CH1、CH2 观测并记录矩形脉冲波形和电阻 R 两端的电压 u_R 波形，并作比较，此时为微分电路。

取 $C = 0.01\mu F$，$R = 1M\Omega$，观测并记录矩形脉冲波形和电容 C 两端的电压 u_C 波形，并作比较，此时为积分电路。

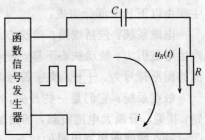

图 1-30 微分与积分电路实验原理图

六、实验注意事项

1）调节电子仪器各旋钮时，动作不要过快、过猛。

2）信号源的接地端与示波器的接地端要连在一起（称共地），以防外界干扰而影响测量的准确性。

七、预习要求

1）预习实验原理、实验内容。

2）仔细阅读实验注意事项。

3）填写预习报告。

八、实验报告要求

1）根据实验观测结果，绘出 RC 一阶电路充放电时 u_C 的变化曲线。

2）根据 RC 电路的充放电过程曲线，分析时间常数 $\tau = RC$ 对暂态过程时间的影响。

3）根据微分电路和积分电路的波形，分析两种电路各有何特点。

第九节　异步电动机的正、反转控制

一、实验目的

1）掌握异步电动机正、反转控制的原理和接线方法。

2）了解控制系统中各保护环节的作用。

二、实验设备

DGJ-1 型电工技术实验装置。

三、实验原理

三相异步电动机的定子绕组通入三相交流电会产生旋转磁场。三相交流电的相序决定磁场的旋转方向，故只需将与三相电源连接的电动机的三根定子绕组导线中的任意两根对调位置，就可改变定子电流的相序。改变相序，就能改变磁场旋转的方向，从而改变电动机的转向。在实际中，生产机械的上升下降、前进后退都要通过改变电动机的转向来实现。

实现简单的电动机的正转、反转、停止功能的控制，常常需要交流接触器、热继电器、开关、按钮等控制电器。此外电路还具有完善的保护功能，例如过载保护、短路保护、失压保护等。

1. 交流接触器

交流接触器是利用电磁吸力使其触点接通和断开从而完成对生产设备的自动控制的。它主要由以下几个部分组成：

电磁系统：包括线圈、动铁心、静铁心。线圈工作于控制电路。当线圈通电时，铁心线圈产生电磁引力，使动铁心下移，带动固接的动触点同时下移，与静触点闭合，将电路接通。线圈的图形符号为：┤□├。文字符号为 KM。

触点系统：它们是一些开关，包括若干个主触点和若干个辅助触点。主触点串联在主电路，接通、分断大电流负载，辅助触点完成控制电路的动作要求。

触点按线圈未通电时的状态，分为常开触点（又称动合触点）和常闭触点（又称动断触点）两种，常开触点的图形符号用—＼—表示，常闭触点的图形符号用╤表示。文字符号也为

KM。接触器的主触点都是常开触点，辅助触点有常开也有常闭。

2. 按钮

按钮通常用来接通或断开控制电路，对电动机或其他电气设备发出动作命令。起动按钮的图形符号表示为 ⌐⌐，常开按钮文字符号为 SB，停止按钮的图形符号表示为 ⌐⌐，常闭按钮文字符号也为 SB。复合按钮由上述两种触点构成，当按钮按下时，常开触点接通，常闭触点则被断开。复合按钮在动作上有先离后合的特点。

3. 热继电器

热继电器是完成电动机的过载保护。它是利用电流的热效应而动作的。热继电器的热元件是贴近双金属片的一段电阻丝，串在电动机的主电路中，当主电路中电流超过容许值时，双金属片受热变形，致使热继电器串在控制电路中的常闭触点断开，接触器的线圈断电，从而断开电动机的主电路。由于热惯性，热继电器不能用作短路保护。热继电器热元件的图形符号用 ⌐ 表示，常闭触点以 ⌐ 表示，文字符号用 FR。

4. 控制功能

异步电动机正、反转的控制线路如图 1-31 所示。从控制功能上具有以下几个方面：

（1）实现正转

开关 QS 闭合，按下正转启动按钮 SB1，则 SB3（常闭按钮）→SB1（已按下）→KM2（常闭触点）→KM1（正转接触器线圈）→FR（热继电器常闭触点）回路闭合，从而使 KM1 的主触头闭合，电动机接通电源，电动机起动、正转。

同时 KM1 的常开触点闭合，完成自锁作用，即当松开按钮 SB1 后，仍然为 KM1 线圈电路提供通路。

KM1 的常闭触头断开，切断反转接触器 KM2 的线圈电路，完成互锁作用。

（2）实现停止

将停止按钮 SB3 按下，KM1 线圈断电，KM1 的主触头断开，电动机断电，停转。

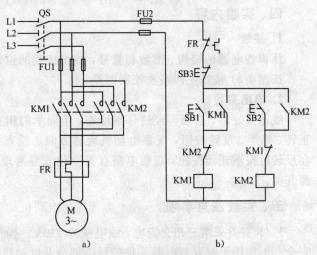

图 1-31 笼型异步电动机的正反转控制线路
a）主回路 b）控制回路

（3）实现反转

按下反转启动按钮 SB2，则 SB1（常闭按钮）→SB2（已按下）→KM1（常闭触点）→KM2（反转接触器线圈）→FR（热继电器常闭触点）回路闭合，从而使 KM2 的主接触头闭合。此时，通入定子电流的相序和正转时不同，因而电动机反转。

同时 KM2 的常开触点闭合，完成自锁作用。KM2 的常闭触点断开，切断正转接触器 KM1 的线圈电路，完成互锁作用。

当一个接触器（或继电器等）工作时，利用机械或电气的方法，使别的接触器（或继电器等）不能工作的方式，称为"互锁"。互锁方式大量地应用于各种控制电路之中。由于电动机使用两块交流接触器调换相序，可能在误操作时将两块交流接触器同时接通，造成两相短路事故。因此在正转交流接触器 KM1 的线圈回路中串联了反转交流接触器 KM2 的常闭触点；同时又在反转交流接触器 KM2 的线圈回路中串联了正转交流接触器 KM1 的常闭触点。避免了因为误操作而造成两相短路事故。

5. 保护功能

该电路具有的保护功能如下：

（1）短路保护

当线路发生短路时，熔断器 FU 熔断，将三相电源与回路断开，电动机停电、停转。完成保护作用。

（2）过载保护

电动机由于种种原因而造成过载（过负荷）时，在控制回路中的热继电器 FR 的常闭触点断开，使电动机停电、停转。

（3）失压保护

当电动机正常运转时，如果电源突然停电，那么接触器线圈也就失电，于是各控制器件恢复常态（无电状态）。如果电源又恢复正常，由于 KM1 和 KM2 的主触头都处于断开状态（常态），电动机不会自行起动，这就防止了由于电动机自行起动而可能引起的事故发生。

四、实验内容

1. 接线

认识各电器的结构、图形和符号，找出接线的位置。

按图 1-31 接好主回路及控制回路。

2. 通电实验

线路接好后，必须再经过仔细检查，由同学们相互检查，准确无误后，才可通电试验。按正转、停车、反转按钮，观察电动机旋转方向。检查互锁的作用，在正转时，按下反转按钮，在反转时按下正转按钮，观察电路有无变化或异常现象。若发现异常情况，必须立即切断电源开关。

五、实验注意事项

1）本实验采用三相交流电，线电压为 220V。操作时要胆大、心细、谨慎，还要注意人身安全。不许用手触及各电器元件的导电部分及电动机的转动部分，以免触电及意外损伤。

2）每次接线完毕，同组同学应自查一遍，然后由指导教师检查后，方可接通电源，必须严格遵守先断电、再接线、后通电；先断电、后拆线的实验操作要求。

3）由于实验时电动机一般是在空载下，故主回路用交流 220V 电压（U1、V1、W1），控制回路也用交流 220V 电压，电动机作星形联结。

六、思考题

1）什么是自锁？什么是互锁？如何实现？

2）什么是短路保护？什么是过载及欠电压保护？如何实现？

第十节　异步电动机的顺序控制

一、实验目的

加强学生的动手能力和理解能力，使理论知识有效地应用于现场实践。

二、实验设备

三相交流电动机和白炽灯组作为两个三相负载。

两只交流接触器，四只按钮。

三、实验原理

顺序控制电路是在一个设备起动之后另一个设备才能起动的一种控制方法。需要进行联锁控制设计。

本实验要求学生根据所学继电接触器控制系统部分的内容，自行设计实现电动机与白炽灯组顺序控制的电路。并实现之。

四、实验内容

1）接线。接好自己设计的顺序控制线路图。

2）通电实验。线路接好后，必须再经过仔细检查，准确无误后，才可通电试验。

五、实验注意事项

1）本实验所用负载分别是电动机和白炽灯组，它们均作星形联结。白炽灯组作对称接法，三相灯全开。

2）本实验采用三相交流电，线电压为 220V。主回路用交流 220V 电压，控制回路用交流 220V 电压。

3）每次接线完毕，同组同学应自查一遍，方可接通电源，必须严格遵守先断电、再接线、后通电；先断电、后拆线的实验操作要求。

4）操作时要胆大、心细、谨慎，还要注意人身安全。不许用手触及各电器元件的导电部分及电动机的转动部分，以免触电及意外损伤。

第十一节 异步电动机的变频调速

一、实验目的

1）了解变频器的应用场合。

2）学习变频器的基本使用方法。

二、实验设备

DGJ－1 型电工技术实验装置。

MM420 变频器。

三相异步电动机。

三、实验原理

根据式

$$n = \frac{60f(1-s)}{p}$$

式中，n 为电动机转速（r/min）；f 为交流电源频率（Hz）；s 为电动机转差率；p 为电动机磁极对数。

可知，交流电动机的调速方法有三种：变极调速、改变转差率调速和变频调速。其中变频调速最具优势。变频调速时平滑性好，效率高。调速范围较大，精度高。起动电流低，对系统及电网无冲击，节电效果明显。可实现软启、制动功能，减小启动电流冲击。因此，在纺织、印染、塑胶、石油、化工、冶金、造纸、食品、装卸搬运等行业都有着广泛应用。

例如，用变频调速代替用闸门或挡板调整流量用于风机、水泵、压缩机等，节能效果明显；用变频调速代替机械变速，不仅可以省去复杂的齿轮变速箱，还能提高精度、满足程序控制要求。

变频器的工作原理是把市电(380V、50Hz)通过整流器变成平滑直流，然后利用半导体器件(GTO、GTR 或 IGBT)组成的三相逆变器，将直流电变成可变电压和可变频率的交流电。

变频器从结构上可分为交-交变频器和交-直-交变频器。

从用途分通用变频器、风机水泵空调专用变频器、起重机专用变频器、恒压供水专用变频器、交流电梯专用变频器、纺织机械专用变频器、机械主轴传动专用变频器、机车牵引专用变频器等。

刚出厂的变频器，可通过参数设定器对它进行参数设定，如电动机的铭牌数据、频率选择、控制功能等。设定完毕，通用变频器会将运行参数自动调整到最佳状态。还可以通过外接电位器、通信接口或程序对参数进行变更。

变频器是电力电子设备，其内部的电子元件和单片机易受外界干扰，其本身的非线性也会影响同一电网其他设备运行，设计时可根据环境选择隔离变压器、电源滤波器、直流电抗器、交流电抗器等设备配套使用。

四、实验内容

本实验采用西门子生产的通用变频器 MM420，实验中所使用的变频器已经完成快速调试。调试参数见表 1-19。

表 1-19　快速调试参数

参数号	设定值	参数号	设定值
P0010	1	P0700	1
P0100	0	P1000	1
P0304	380	P1080	0
P0305	0.16	P1082	50
P0307	0.06	P1120	10
P0310	50	P1121	10
P0311	1400	P3900	1

设定值含义如下：

1：快速调试

0：功率单位为 kW；f 的缺省值为 50 Hz

380V：电动机的额定电压

0.16A：电动机的额定电流

0.06 kW：电动机的额定功率

50 Hz：电动机的额定频率

1400r/min：电动机的额定速度

2：模入端子输入频率给定

2：模拟频率设定值

0Hz：电动机最小频率

……

变频器进线 R、S、T 通过接触器和断路器与电源接通，出线 U、V、W 接电动机。端子 5、6、7 分别为正转、反转、故障复位端，经屏蔽线将三只按钮与公共端 8 相接。1、3、4 外接 10kΩ 电位器进行频率调节。

变频器没有主电源开关，因此，当电源电压接通时变频器就已带电。在按下运行（RUN）键，或者在数字输入端 5 出现"ON"信号（正向旋转）之前，变频器的输出一直被封锁，处于等待状态。

调节频率设定旋钮，电动机开始起动，对应频率的上升，电动机转速升高。连续调节电位器，则转速连续上升。

分别按正转、反转按钮，观察电动机转向。

MM420 变频器外形和外接线图如图 1-32、图 1-33 所示。

图 1-32　MM420 变频器外形

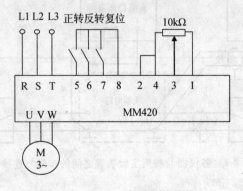

图 1-33　MM420 变频器外接线图

第二章　模拟电子技术实验

第一节　常用电子仪器的使用

一、实验目的

1）学习电子电路实验中常用的电子仪器—示波器、函数信号发生器、交流毫伏表、直流稳压电源等的正确使用方法。

2）会用万用表测试晶体二极管、晶体管。

二、实验设备及仪表

1）SAC－TZ101－3模拟电子实验台。

2）DS5022M数字存储示波器。

3）DF1930A交流毫伏表。

4）DF1641A函数信号发生器。

5）MF500万用表。

三、实验原理

在模拟电子电路实验中，经常使用的电子仪器有示波器、函数信号发生器、直流稳压电源、交流毫伏表等。它们配合万用表，可以完成对模拟电子电路的静态和动态工作情况的测试。

实验中，要对各种电子仪器进行综合使用，可按照信号流向，以连线简捷、调节顺手、观察与读数方便等原则进行合理布局，各仪器与被测实验装置之间的布局与连接如图2-1所示，仪器仪表的主要用途以及与实验电路的联系如图2-2所示。接线时应注意，为防止外界干扰，各仪器的公共接地端应连接在一起，称共地。信号源和交流毫伏表的引线通常用屏蔽线或专用电缆线，示波器接线使用专用电缆线，直流电源的接线用普通导线。

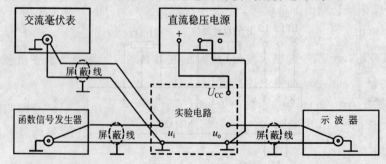

图 2-1　各仪器与被测实验装置之间的布局与连接图

1. 模拟电子实验台

SAC－TZ101－3模拟电子实验台主要用于模拟电子技术实验课中各个项目的实验。并配备有直流信号源、直流稳压电源、交流电源、直流电压表、直流电流表，如图2-3所示。

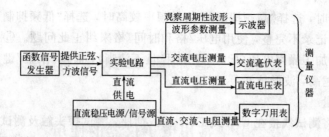

图 2-2 仪器仪表的主要用途以及与实验电路的联系

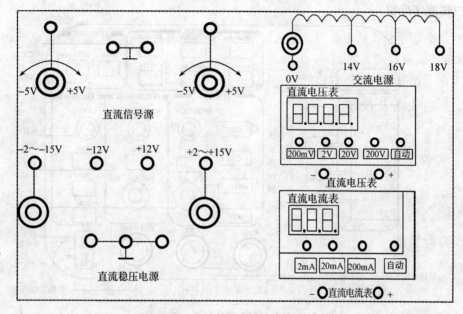

图 2-3 SAC－TZ101－3 模拟电子实验台电源、仪表

2. 示波器

示波器用于观察电路中各点的电压波形，以判断电路是否正常工作，同时还用于测量波形的周期、幅度、相位差及观察电路的特性曲线等。数字存储示波器不但有模拟示波器的一般功能，还能对信号的各种参数进行测量、存储和运算。DS5022M 数字存储示波器面板如图 2-4 所示。按键操作还会调出屏幕菜单，下文中按键用 ▢▢▢ 注明，屏幕菜单用" "注明。

（1）示波器使用方法

1）按 $\boxed{\text{AUTO}}$（自动设置）键显示波形（此时示波器自动设置垂直、水平和触发控制），如果要优化波形的显示，可手动调整上述控制。

2）按 $\boxed{\text{MEASURE}}$（测量）键，可同时在屏幕上看到 5 个选项，选择"全部测量"，能够显示波形的十一个参数：频率、周期、峰峰值、最大值、最小值、有效值、平均值、正频宽、负频宽、上升时间和下降时间。

3）使用中要注意以下几点，否则测量结果不正确：① "探头衰减"设置必须与探头实际衰减一致（按菜单显示）。② 波形超出了显示屏（过量程），此时读数不准确或为"?"，请调整垂直标度，以确保读数有效。③ 信号的频率显示与右下角的频率不一致时（此时波形不稳），通过"触发控制菜单"，改变触发信号源，单通道输入时，选择信号作信号源，选择"触发耦合"，信号频率不高时，选择"高频抑制"，信号频率较高时，选择"低频抑制"。④ 如果读数区显示"?"，则为波形记录不完整，使用电压/格和时间/格来纠正此问题。⑤ 如果信号很小（几毫伏），则波形上叠加了噪声电压（此时波形不稳且不清晰），需按"采集"键，选择"平均"模式来减少噪声，次数越高，波形越好。

（2）信号的测量

测量信号时：将测试线接在 CH1 或 CH2 输入插座，测试探头触及测试点，即可在示波器上观察到波形。如果波形幅度太大或太小，可调整电压量程旋钮；如果波形周期显示不适合，可调整扫描速度旋钮。

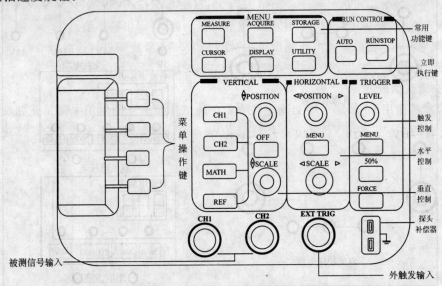

图 2-4　DS5022M 数字存储示波器面板

1）正弦信号的测量。正弦波的主要波形参数为幅值 U_m、周期 T 或频率，测量时，按 CH1 或 CH2 键后，根据屏幕右侧菜单选择测量参数。注意选择"AC"（交流）耦合方式测量。或按 AUTO → MEASURE →"全部测量"。从屏幕读数。

正弦波的主要参数为幅值 U_m、周期 T 或频率，测量正弦波的峰峰值时，读出波形峰峰值在垂直方向所占的格数 H，以及垂直刻度数 a（电压/格），则正弦波的峰峰值：$U_{PP} = Ha$，幅值 $U_m = U_{PP}/2$，有效值 $U = U_m/\sqrt{2}$。测量周期时，读出正弦波一个周期在水平方向所占格数 L，以及水平刻度值 b（时间/格），则正弦波周期：$T = Lb$。

2）方波信号的测量。方波脉冲信号的主要波形参数为周期 T、脉冲宽度 t_w 及幅值 U_m，测量方法与正弦波信号的测量相同。或按 AUTO → MEASURE →"全部测量"，从屏幕读数。

3. 函数信号发生器

模拟实验使用 DF1641A 型函数信号发生器，可产生正弦波、方波、三角波 3 种波形，面板如图 2-5 所示。

1）选择波形：根据需要，用按钮从正弦波、方波、三角波 3 种波形中选择一种。

2）调整衰减：用按钮选择衰减 20dB 或 40dB。

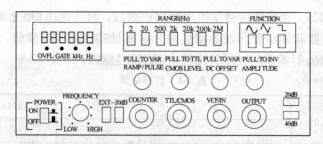

图 2-5　DF1641A 型函数信号发生器的面板

3）调整频率：输出信号频率调节范围为 0.1Hz～2MHz，可以通过"频率"分档按钮（分七档）和"频率调节"旋钮进行调节，并由"6 位数码显示屏"显示出频率值。

4）调整振幅：输出信号电压幅度可由"OUTPUT"调节旋钮进行连续调节。

注意：函数信号发生器作为信号源使用时，它的输出端不允许短路。

4．交流毫伏表

模拟实验使用 DF1930A 型交流毫伏表，在其工作频率范围内用来测量正弦交流电压的有效值，包括 3mV、30mV、300mV，3V、30V、300V 共 6 档。用面板上 ▷、◁ 进行档位调节，面板如图 2-6 所示。

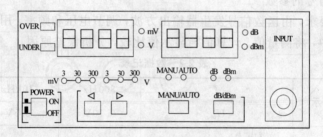

图 2-6　DF1930A 型交流毫伏表的面板

注意，为了防止交流毫伏表过载而损坏，测量前一般先将量程置于量程较大（如 300V）位置处，然后在测量中逐档减小量程；读完数据后，再把量程按回量程较大（如 300V）位置处，然后断开连线。

5．直流稳压电源

SAC－TZ101－3 模拟电子实验台上配备有直流稳压电源。其工作方式如下：

1）输出直流电压＋12，作为电路工作电源。

2）输出直流电压－12，作为电路工作电源。

3）输出直流电压为 －2～－15V，且连续可调，作为电路工作电源或信号源。

4）输出直流电压为 ＋2～＋15V，且连续可调，作为电路工作电源或信号源。

四、预习要求

1）认真阅读实验原理，了解各实验仪器的功能、面板旋钮、按钮的使用方法。

2）复习有关二极管，晶体管特性及主要参数等内容。

五、实验内容与步骤

1．用示波器和交流毫伏表测量信号参数

（1）测量正弦波信号的参数

按照表 2-1 的要求，由函数信号发生器输出正弦波，调节电压（用交流毫伏表测量）和频率（用函数信号发生器调节），用示波器观察并分别测量其周期和峰峰值，并同时将显示值记入表格中。将测量值、计算值与显示值比较，分析误差原因。

表 2-1　数据记录

函数信号发生器显示	f	500Hz	1kHz	15kHz
	U_m	0.7V	7mV	3V
测量值	U_{PP}（格数×电压/格）			
	T（格数×时间/格）			
显示值	U_{PP}			
	U			
	T			
计算值	U			
	f			

（2）测量方波信号的参数

按照表 2-2 的要求，由函数信号发生器输出方波，调节电压和频率，用示波器分别测量幅值和周期，填入表中，将测量值、计算值与显示值比较，分析误差原因。

表 2-2　数据记录

函数信号发生器显示	f	800Hz	10kHz	20kHz
	U_m	0.10V	0.5V	5V
测量值	U_{PP}/V			
	T/ms			
显示值	U_m			
	T			
计算值	U_m			
	f			

2. 测量两波形间相位关系

1）观察双踪显示波形"交替"与"断续"两种显示方式的特点：CH1、CH2 均不加输入信号，扫速开关置扫速较低档位（如 0.5s/div 档）和扫速较高档位（如 5μs/div 档），把"显示方式"开关分别置于"交替"和"断续"位置，观察两条扫描线的显示特点。

2）用示波器显示测量两波形间相位关系

按图 2-7 连接实验电路，将函数信号发生器的输出电压调至频率为 1kHz、幅值为 2V 的正弦波，经 RC 移相网络获得频率相同但相位不同的两路信号 u_1 和 u_2，分别加到示波器的 CH1 和 CH2 输入端。

把示波器显示方式置"交替"档位，将 CH1 和 CH2 输入耦合方式开关置"GND"位，调节 CH1、CH2 的↑↓移位旋钮，使两条扫描基线重合，再将 CH1、CH2 输入耦合方式开关置

"AC"档位，调节扫速开关及 CH1、CH2 灵敏度开关位置，此时在荧屏上将显示出 u_1 和 u_2 两个相位不同的正弦波形，如图 2-8 所示，则两波形相位差为 $\varphi = \dfrac{D_1}{D_2} \times 360°$

式中，D_1 为两波形在 x 轴上差距格数(div)；D_2 为波形一周期所占格数(div)。

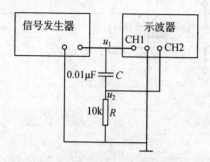 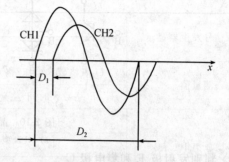

图 2-7　两波形间相位差测量电路　　　　图 2-8　双踪示波器显示两相为不同的正弦波

记录两波形相位差，并填入表 2-3 中。

表 2-3　数据记录与计算

一周期格数 D_2	两波形在 x 轴上差距格数 D_1	相位差	
		实测值	计算值

为读数和计算方便，可适当调节扫速开关及微调旋钮，使波形一周期占整数格。

3. 利用万用表判别二极管的极性与好坏

首先，将万用表置于 PN 结测量档，此时数字万用表的内部等效电路如图 2-9 所示。将万用表的红、黑表笔分别接到二极管两端，测其电阻值。然后将红、黑表笔互换连接位置，再一次测量二极管的电阻值。若两次测试的电阻值一次很大(二极管反偏)，另一次很小(二极管正偏)，说明二极管完好，而且阻值小的一次，红表笔接触的一端为二极管的正极。若两次测试的阻值均很大，说明二极管内部开路；而如果两次测试的阻值均很小，则说明二极管内部击穿短路。两种情况均表明：二极管已失去单向导电的特性。

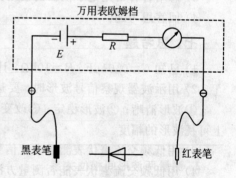

图 2-9　用万用表判别二极管测试电路

4. 用万用表判别晶体管的类型和管脚

晶体管的管脚必须正确确认，否则接入电路后不但不能正常工作，还可能烧坏晶体管。当晶体管没有任何标记时，我们可以用万用表来初步确定该晶体管的好坏及其类型(NPN 型还是 PNP 型)，以及辨别出 E、B、C 三个电极。

(1) 判别基极 B 和管子类型

可以把晶体管的结构看作是两个反向串接的二极管，如图 2-10 所示。由图可见，万用表置 PN 结测量档，分别测试三电极之间的正反向电阻，只有一个电极对另外两个电极电阻值很大，或很小，由此即可确定该电极是基极 B。然后将万用表黑表笔接 B 极，红表笔依次接另外两个电极，测得两个电阻值，若两个值均很小，说明是 PNP 型管；若两个值均很大，说明是 NPN 型管。

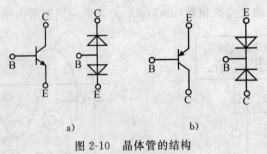

图 2-10 晶体管的结构

a) NPN 型　b) PNP 型

（2）判别发射极 E 和集电极 C

按正向电流放大系数比倒置电流放大系数大的原理，即可确定发射极和集电极。将晶体管按类型插入 h_{FE} 测量插座 E、B、C，正确接入电极 B，按假定位置接入电极 E、C，选择对应 h_{FE} 测量档。在测量插座中，记下读数；倒置电极 E、C，再次记下读数。该读数为电流放大系数 β，由 h_{FE} 测量插座为晶体管提供偏置电流，读数大的为正常放大，测量插座各电极为正确接线。

六、实验报告

1）整理实验数据，总结测量信号频率（周期）、幅值（有效值）的最佳方式。

2）分析 RC 移相网络的工作原理，分析测量值与计算值的比较结果，分析产生误差的原因。

3）总结各种常用电子仪器的使用方法。

4）回答思考题。

七、思考题

1）已知 $C=0.01\mu F$、$R=10k\Omega$，计算图 2-7 RC 移相网络的阻抗角 φ。

2）用示波器观察信号波形时，要达到如下要求，应使用示波器的哪些按钮、旋钮？

①波形清晰；②波形稳定；③改变示波器屏幕上可视波形的周期数；④改变示波器屏幕上可视波形的幅度。

3）用低频交流毫伏表测量交流信号电压时，信号频率的高低对读数有无影响？

4）用低频交流毫伏表能否测量方波信号电压？

第二节　直流稳压电源

一、实验目的

1）了解直流稳压电源的组成和工作原理。

2）研究整流、滤波、稳压电路的工作特性。

3）学习三端集成稳压器的使用方法，研究集成稳压的特点和性能指标的测试方法。

二、实验设备及仪表

1）SAC－TZ101－3 模拟电子实验台。

2）DS5022M 数字存储示波器。

3）直流电压表。

4）MF500 万用表。

三、实验线路

实验电路板如图 2-11 所示。

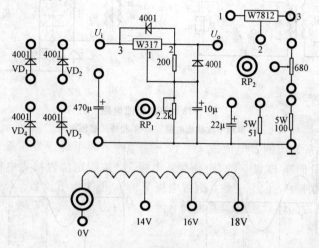

图 2-11 实验电路板

四、实验原理

电子设备一般都需要直流电源供电。这些直流电除了少数直接利用干电池和直流发电机外，大多数是采用把交流电转变为直流电的直流稳压电源。

直流稳压电源通常由电源变压器、整流、滤波、稳压电路四部分电路组成，它的原理框图如图 2-12 所示。电源变压器将电网供给的 220V、50Hz 交流电

图 2-12 直流稳压电源组成的原理框图

压 U_i 降压后，得到电路所需的交流电压。整流电路将交流电压变换成方向不变、大小随时间变化的单向脉动直流电压。滤波电路滤掉交流分量，减小整流电压的脉动程度，可得到比较平直的直流电压 U_1。但这样的直流输出电压还会随交流电网电压的波动或负载的变动而变化，在对直流供电要求较高的场合，还需要使用稳压电路。稳压电路在交流电源电压波动或负载变动时，使直流输出电压 U_o 稳定。

1. 整流电路

整流电路由整流二极管构成，通常分为半波整流和桥式整流两种，基本电路如图 2-13 所示。根据二极管的单向导电性质，只有阳极电位高于阴极电位时，二极管才能导通。

若交流电压 $u_2 = U_{2m}\sin\omega t$。在交流电压的一个周期中，只有半个周期是通电的，所以单相半波整流电路（见图 2-13a）中，二极管只有正半周导电，输出电压的波形如图 2-14 a 所示，负载电阻上有一半时间是没有电压的，其输出直流平均电压为

$$U_o = \frac{1}{2\pi}\int_0^\pi \sqrt{2}u_2\sin\omega t\,d(\omega t) = 0.45U_2$$

在单相桥式整流电路（见图 2-13b）中，当 u_2 为正半周时，VD_1、VD_3 导通，负载电阻上得

到上正下负的电压，而在 u_2 负半周时，则 VD$_2$、VD$_4$ 导通，同样在负载电阻上得到上正下负的电压，形成如图 2-14 b 所示的脉动直流电压，其输出直流平均电压为半波整流输出的两倍，为 $U_o = 2 \times 0.45 U_2 = 0.9 U_2$。

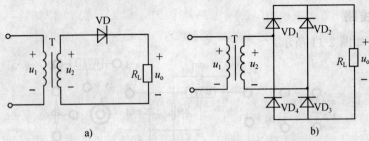

图 2-13 单相整流电路

a）单相半波整流电路 b）单相桥式整流电路

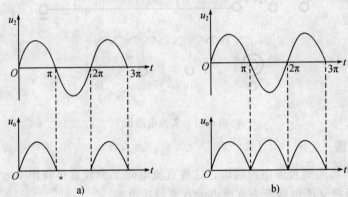

图 2-14 电源电压和整流输出电压波形

a）单相半波整流 u_2、u_o 波形 b）单相桥式整流 u_2、u_o 波形

单相桥式整流电路应用广泛，因此整流部分经常采用由 4 个二极管组成的整流全桥集成块（又称桥堆），内部 4 个二极管接成整流桥，有四条引出线，两条接 220 交流电源，两条为直流输出，电流 1A。

2. 滤波电路

为了改善输出电压的脉动，可以用电容器与负载电阻并联，在二极管导电时电容器充电，二极管截止时电容器对负载电阻放电，使负载电阻两端的电压波动减小，电容滤波电路如图 2-15 所示，其输出电压波形如图 2-16 所示。

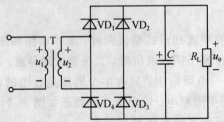

图 2-15 电容滤波电路

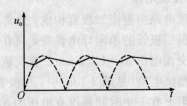

图 2-16 电容滤波输出电压波形

从波形图中可见，电容滤波除了使输出电压波动减小外，还因电容器的放电使输出电压平均值升高，根据电路分析，在满足 $R_L C \geqslant (3 \sim 5) T/2$ 的条件下，输出直流平均电压为 $u_o =$

$1.2u_2$。另外，电容滤波还使二极管只有在电源电压高于电容器端电压时导通，而在电源电压低于电容器端电压时，二极管截止，这样大大缩短了二极管的导通时间，使得导通电流成为幅值很大的脉冲电流，这对二极管是不利的。为了进一步改善直流输出电压的波动，可以在滤波电容与负载电阻之间加接 RC 滤波电路，构成 π 形滤波电路，以滤除其中的谐波成分。经过滤波后，负载电阻两端电压已基本上消除了波动，但由于滤波电阻上具有直流压降，使输出直流平均电压降低。

3. 稳压电路

利用稳压二极管的稳压特性(稳压管工作在反向击穿时，它的端电压略有变化，而其电流变化很大)，可以接成简单的并联稳压电路，如图 2-17 所示。图中稳压管 VS 与负载电阻 R_L 并联，稳压管电流 I_z 在一定范围内变动时，稳压管能够维持两端电压的稳定。

当输入电压 U_I 升高或降低时，必然会使电流 I_z 发生变化，由于稳压管具有很小的动态内阻，使 I_z 的变化对其端电压的影响极小，能够维持负载电流不变，因 $U_I = RI + U_O$，此时的变化值基本上由限流电阻的电压降的变化 U_R 来平衡。

当负载电阻增大或减小时，因 U_I 不变，通过 I_z 作相应的调节，维持 $I = I_z + I_O$ 不变，保持 U_O 不变。

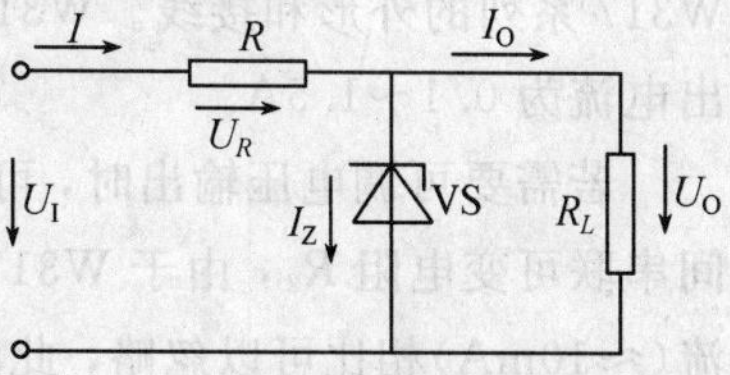

图 2-17 稳压管稳压电路

元器件的选取：

$$U_Z = U_O, \quad I_{ZM} = (1.5 \sim 3)I_{OM}, \quad U_I = (2 \sim 3)U_O$$

并联稳压电路只能输出几十毫安的电流，要输出大电流，则可采用串联型线性稳压电路。

4. 集成稳压器稳压

随着半导体工艺的发展，稳压电路也制成了集成器件。由于集成稳压器具有体积小、稳定性高、接线简单、使用方便、工作可靠和通用性等优点，因此在各种电子设备中应用十分普遍，基本上取代了由分立元器件构成的稳压电路。

集成稳压器的主电路是串联稳压电路，但为了工作可靠，还增加了过电流、芯片过热及调压管安全工作区保护电路，因此集成稳压器的工作非常可靠，且不易损坏。集成稳压器的出端只有输入端、输出端和公共端三个，又称为三端集成稳压器。其中最典型的为具有固定正电压输出的 W7800 系列，负电压输出的 W7900 系列以及具有可调电压输出的 W317、W337 系列，接线和使用极为方便。

(1) 固定式集成稳压器稳压

W7800 系列三端式稳压器输出正极性电压，一般有 5V、6V、9V、12V、15V、18V、24V 共 7 个档次，输出电流最大可达 1.5A(加散热片)。同类型 78M 系列稳压器的输出电流为 0.5A，78L 系列稳压器的输出电流为 0.1A。若要求负极性输出电压，则可选用 W7900 系列稳压器。图 2-18 为 W7800 系列稳压器的外形和接线(W7900 接线端与 W7800 不同，1 为 GND，2 为 IN)。

该实验使用的 W7812 型稳压器，它的主要参数有输出直流电压 $U_O = +12\text{V}$，输入电压 U_I 最大为 35V。因为一般 U_I 要比 U_O 高 $3 \sim 5\text{V}$，才能保证集成稳压器工作在线性区。由 W7812 稳压器构成的稳压电路如图 2-19 所示，其中整流部分采用了由四个二极管组成的桥式整流器。滤波电容 C 一般选取几百到几千微法的电解电容。当稳压器距离整流滤波电路比较远时，在输入端必须接入电容器 C_i(数值为 $0.33\mu\text{F}$)，以抵消线路的电感效应，防止产生自激振荡。输出端电容 C_o(0.1μF)用以滤除输出端的高频信号，改善电路的暂态响应。

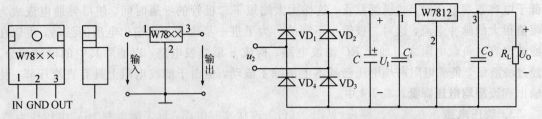

图 2-18 W7800 系列稳压器的外形和接线   图 2-19 采用固定式集成稳压器的稳压电路

（2）可调试集成稳压块稳压

具有可调电压输出的稳压器有 W317、W337。W317 为比较精密的稳压器，图 2-20 为 W317 系列的外形和接线。W317 的输入电压＜40V，输出电压最大调节范围为 1.2～37V，输出电流为 0.1～1.5A。

若需要可调电压输出时，可按图 2-21 的接法，在 W317 调整端与电阻 R_1 的并接端和地之间串联可变电阻 R_2，由于 W317 调整端（1 端）流出的电流极小（＜100 μA）与电阻 R_1 中的电流（≈10mA）相比可以忽略，此时可看作 R_1 与 R_2 串联，2、1 两端电压为 1.25V，可作为基准电压源使用，则输出电压 U_o(V)为

$$U_o \approx 1.25(1+\frac{R_2}{R_1})$$

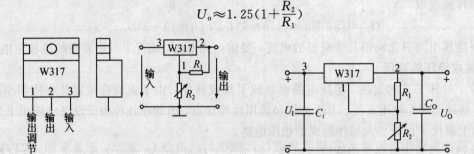

图 2-20 W317 系列的外形和接线   图 2-21 采用可调式集成稳压器的稳压电路

5. 稳压电源的主要性能指标

稳压电源的主要性能指标有输出电压 U_O，最大输出电流 I_{OM}，输出电阻 R_O，稳压系数 S，输出纹波电压。

输出电阻 R_O 定义为当输入电压 U_I（稳压电路输入电压）保持不变时，由于负载变化而引起的输出电压变化量与输出电流变化量之比。$R_O = \frac{\Delta U_O}{\Delta I_O} |U_I = $ 常数，越小越好。

稳压系数 S 定义为当负载保持不变时，输出电压的相对变化量与输入电压的相对变化量之比。即 $S = (\frac{\Delta U_O/U_O}{\Delta U_I/U_I})/R_L = $ 常数，越小越好。

由于工程上常把电网电压波动±10％作为极限条件，因此也可将此时 $\Delta U_O/U_O$ 输出电压的相对变化作为衡量指标，称为电压调整率。越小越好。

输出纹波电压是指在额定负载条件下，输出电压中所含交流分量的有效值。纹波系数 γ ＝交流分量的总有效值/直流分量，越小越好。

用交流毫伏表测量交流分量，用直流电压表测量直流分量。

五、预习要求

复习教材中有关直流稳压电源部分的内容，完成有关内容的估算，了解直流稳压电源若干重要指标的含义及测试方法。

六、实验内容与步骤

1. 测取数据，填入表 2-4 中。

按表 2-4 要求在实验线路板（见图 2-11）上连接实验电路，取工频电源 16V 电压作为整流电路输入电压 U_i，用万用表交流电压档测量 U_i。接通工频电源，用直流电压表测量输出端直流电压 U_o。将数据及波形记入表 2-4 中。

表 2-4 数据记录

数据 电路	U_i/V （以 780Ω 为准）	输出电压 U_o/V		分析负载变化对输出电压 U_o 的影响
		负载 R_{L1} 780Ω	负载 R_{L2} 100Ω	
桥式整流、无滤波 （见图 2-13b）	16V			
桥式整流、电容滤波（$C=470\mu F$） （见图 2-15）	16V			
桥式整流、电容滤波、W7812 稳压 固定集成稳压器（见图 2-19）	16V			
桥式整流、电容滤波、W317 稳压 可调集成稳压器（见图 2-21）	16V			

注意：每次改接电路时，必须切断工频电源。

2. 用示波器观测电源 u_i 和整流滤波以及稳压后的电压 U_o 波形，记录于图 2-22 中。其中，用示波器交流耦合方式测量交流分量；用直流耦合方式测量直流电压分量。

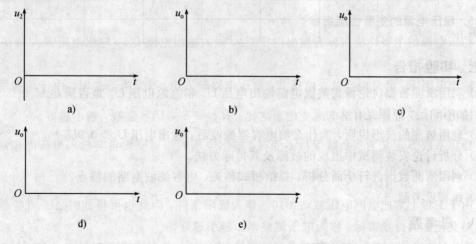

图 2-22 输出波形图

a) 电源电压波形 b) 整流电压波形 c) 整流滤波后电压波形（$R_L=100\Omega$）

d) 整流、稳压管稳压后电压波形 e) 整流滤波稳压器稳压后电压波形

3. 集成稳压器稳压电源的性能测试

切断工频电源，按图 2-19 接好 W7812 固定式集成稳压器稳压电路($C=470\mu F$，$C_o=22\mu F$)。

（1）初测

接通工频 16V 电源，用万用表交流电压档测量 U_2 值；用直流电压表测量滤波电路输出电压 U_I（稳压电路输入电压），集成稳压器输出电压 U_o，它们的数值应与理论值大致符合，否则说明电路出了故障。设法查找故障，并加以排除。电路经初测进入正常工作状态后，才能进行各项指标的测试。

（2）稳压系数 S 的测量

取 $R_L=100\Omega$，改变整流电路输入电压 U_2（模拟电网电压波动），用万用表交流电压档(V)测量。用直流电压表分别测出相应的稳压电路输入电压 U_I 和输出直流电压 U_o，填入表 2-5 中。

表 2-5 数据记录

		14V	16V	18V
测量值	U_2/V			
	U_I/V			
	U_o/V			
计算值	S	$S_{12}=$		$S_{23}=$

（3）输出电阻 R_o 的测量

接可调 $R_L=100\sim780\Omega$，保持整流输入电压 $U_2=16V$ 不变，测出输出电压 U_o 和输出电流 I_o，填入表 2-6 中，计算输出电阻 R_o。

表 2-6 数据记录

测量值	$R_L=\infty$	R_L（变化范围 $100\sim780\Omega$）				
I_o/mA						
U_o/V						
计算 R_o						

七、实验报告

1）利用所测数据讨论桥式整流电路输出电压 U_o 和电源电压 U_2 是否满足 $U_o=0.9U_2$ 的关系？如不满足，原因是什么？

2）利用被测的波形说明，为什么加电容器滤波后，输出电压 $U_o>0.9U_2$？

3）分析讨论安装测试中出现的故障及其排除方法。

4）利用所测数据进行全面分析，总结桥式整流、电容滤波电路的特点。

5）回答思考题。

八、思考题

1）在桥式整流电路中，如果某个二极管发生开路、短路或反接三种情况，如何发现？

2）如果要将本电源输出直流电压改成－12V，其他参数不变，电路连接和所用元器件应作哪些改变？

3）与分立元器件的稳压电路相比，集成稳压器有哪些优点？

第三节　分压式偏置单管电压放大器

一、实验目的

1）掌握放大器静态工作点的调试方法，分析静态工作点对放大器性能的影响。

2）掌握放大器的电压放大倍数、输入电阻、输出电阻及最大不失真输出电压的测量方法。

3）分析负载变化对放大器电压放大倍数的影响。

二、实验设备及仪表

1）SAC－TZ101－3 模拟电子实验台。

2）DF1641A 函数信号发生器。

3）DS5022M 数字存储示波器。

4）DF1930A 交流毫伏表。

5）直流电压表。

6）直流稳压电源。

三、实验电路板及实验电路图

图 2-23 是本实验的实验电路板，图 2-24 是本实验的放大器电路。

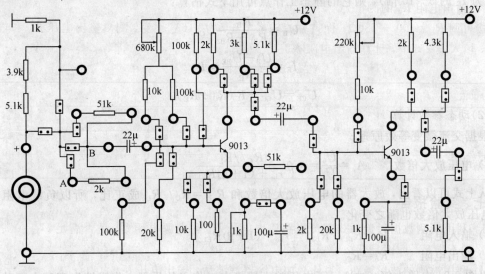

图 2-23　实验电路板

四、实验原理

利用晶体管的电流放大作用，可以作成各种形式的放大器，其中分压式偏置单管放大器就是最基本的放大电路之一。

分压式偏置单管放大器电路的偏置电路（见图 2-24），采用 R_{B1} 和 R_{B2} 组成的分压电路，并在发射极中接有电阻 R_E，以稳定放大器的静态工作点。当在放大器的输入端加入输入信号 U_i 后，在放大器的输出端可得到一个与 $\dot{U}_i$ 相位相反、幅值被放大了的输出信号 U_o，从而实现了电压放大。其中，C_1、C_2 起到隔直流、通交流的作用。安装电路时，要注意电解电容的极性和直流电源的正负极极性。

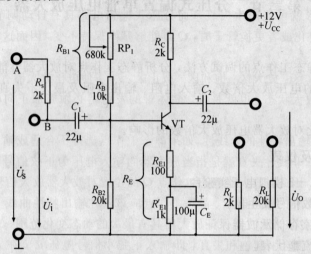

图 2-24　分压式偏置单管放大器实验电路

1. 静、动态参数理论计算

（1）静态参数估算

在图 2-24 电路中，当流过偏置电阻 R_{B1} 和 R_{B2} 的电流远大于晶体管 VT 的基极电流 I_B 时（一般为 I_B 的 5～10 倍），则它的静态工作点可用下式估算：

$$U_B \approx \frac{R_{B2}}{R_{B1}+R_{B2}} U_{CC}$$

$$I_E = \frac{U_B - U_{BE}}{R_E} \approx I_C$$

$$U_{CE} = U_{CC} - I_C(R_C + R_E)$$

（2）动态参数计算

根据交流微变等效原理

1）电压放大倍数　　$A_u = \dfrac{\dot{U}_o}{\dot{U}_i} = -\beta \dfrac{R_C // R_L}{r_{be} + (1+\beta)R_{E1}}$

从上式可以看出，放大器的电压放大倍数和 $R'_L = R_C // R_L$ 成正比，所以负载电阻变化时，电压放大倍数也随之变化。

2）输入电阻　　$R_i = R_{B1} // R_{B2} // [r_{be} + (1+\beta)R_{E1}]$

3）输出电阻　　$R_o = R_C$

以图 2-24 电路为例，讨论一下电压放大器静态工作点的设置、非线性失真和电压放大倍数等问题。

2. 静态工作点的选择与调试

（1）静态工作点的选择

静态工作点就是当放大器无输入信号时（$u_i = 0$），晶体管的直流电压和电流，即晶体管的基极电流 I_B，集电极电流 I_C 以及集电极、发射极之间的电压 U_{CE}，在放大器的输入输出特性曲线上的一个点，所以称为静态工作点。放大器的基本任务是不失真地放大信号。要使放大器能够正常工作，必须设置合适的静态工作点 Q。

放大器的静态工作点电压和电流可由固定偏置电路和分压式偏置电路供给。固定偏置电路结构简单，但当环境温度或其他条件变化（例如更换管子）时，Q 点将会明显地偏移。因此，本来不失真的输出波形就可能产生失真。而分压式偏置电路具有自动调节静态工作点的能力，所以当环境温度变化或者更换管子时，Q 点能够基本保持不变，因而这种电路获得了广泛的应用。

晶体管有三个工作区：放大区、饱和区、截止区。为了使电压放大器有电压放大作用，首先要使晶体管工作在放大状态，也就是说，晶体管的发射结必须施加正向电压，而集电结必须施加反向电压。

由于晶体管输入、输出特性的非线性，如果静态工作点选得不合适或输入信号过大，都会引起非线性失真。所谓非线性失真就是指当放大器的输入电压为正弦信号电压时，输出电压中含有其他谐波分量。因此，放大器静态工作点 Q 的位置对放大器放大信号有很大的影响。

为了获得最大不失真的输出电压，静态工作点应该选在输出特性曲线上交流负载线的中点。如图 2-25 所示的 Q 点，此时能保证放大器具有最大的动态变化范围。若工作点选得太高（如图 2-26 中 Q_1 点），就会引起饱和失真，即输入正弦小信号电压 u_i。在 u_i 的正半周，管子进入饱和状态，集电极电流 i_C 正半周失真，造成输出电压 u_o 的负半周失真（下削平）；若选得太低（如图 2-26 中 Q_2 点），就会产生截止失真，即输入正弦小信号 u_i，在 u_i 的负半周，管子进入截止状态，造成输出电压 u_o 的正半周失真（上削平）。一般，观察波形时，截止失真不如饱和失真明显。

如果输入信号较大，静态工作点应尽可能地选择在交流负载线的中间部分，这样才能保证放大器具有较大不失真电压输出。如果输入信号较小，非线性失真不是主要问题，因此 Q 点不一定要选在交流负载线的中点，而可根据其他要求来选择。例如，希望放大器耗电小、噪声低或输入阻抗高时，Q 点可选得低一些；希望放大器增益高时，就要求 Q 点选得适当高一些等。

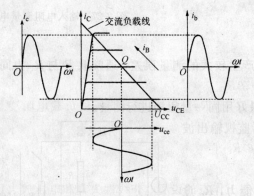

图 2-25　有最大动态范围的静态工作点

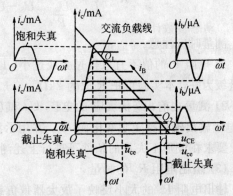

图 2-26　放大器饱和失真和截止失真波形

（2）静态工作点的测量、调试

改变 U_{CC}、R_{B1}、R_{B2}、R_C 都会引起静态工作点的变化，通常多采用调节偏置电阻 R_{B1} 的办法来选择静态工作点。这里为实验方便起见，将 R_{B1} 分成了电位器 RP_1（680 kΩ）和 R_B 的串联，以便于调节。测量放大器的静态工作点，应在输入信号 $u_i = 0$ 的情况下进行，即将放大器输入端与地端短接，为了避免断开集电极测量 I_C，用直流电压表测得各电极对地的电位 U_B、U_E、U_C，然后用下式计算静态工作点的参数：

$$U_{BE}=U_B-U_E, \quad I_C=\frac{U_{CC}-U_C}{R_C} \quad 或 \quad I_C\approx I_E=\frac{U_E}{R_E}, \quad I_B=\frac{I_C}{\beta}, \quad U_{CE}=U_C-U_E$$

当用 R_{B1} 来调节静态工作点时，根据集电极、发射极间的电压 U_{CE}，便可知道静态工作点的确切位置。例如当 $U_{CE}=U_{CC}/2$ 时，它便在直流负载线的中间，当 $U_{CE}>U_{CC}/2$ 时，它在直流负载线的下部，当 $U_{CE}<U_{CC}/2$ 时，它在直流负载线的上部。

3. 放大器动态指标测试

放大器动态指标包括电压放大倍数、输入电阻、输出电阻、最大不失真输出电压（动态范围）等。

（1）电压放大倍数 A_u 的测量

电压放大倍数是指放大器输出电压 $\dot{U}_o$ 和输入电压 $\dot{U}_i$ 之比，即：$A_u=\dot{U}_o/\dot{U}_i$

A_u 也是一个复数，其模值代表输出电压幅值（或有效值）和输入电压幅值（或有效值）的比。

调整放大器到合适的静态工作点，然后输入端加入输入电压 u_i，在输出电压 u_o 不失真的情况下，用交流毫伏表测出 u_i 和 u_o 的有效值 U_i 和 U_o，则 $|A_u|=U_o/U_i$。

（2）输入电阻 R_i 的测量

输入电阻的大小反映了放大电路消耗信号源功率的大小。若 $R_i\gg R_s$（信号源内阻），放大器从信号源获取较大电压；若 $R_i\ll R_s$，放大器从信号源吸收较大电流；若 $R_i=R_s$，则放大器从信号源获取最大功率。

放大器的输入电阻 R_i，可用伏安法测量求得，测试电路如图 2-27 所示。在被测放大器的输入端与信号源之间串入一已知电阻 R，在放大器正常工作的情况下，用交流毫伏表测出 $\dot{U}_s$ 和 $\dot{U}_i$，则根据输入电阻的定义可得

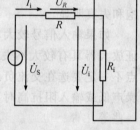

$$R_i=\frac{\dot{U}_i}{\dot{I}_i}=\frac{\dot{U}_i}{\dfrac{\dot{U}_R}{R}}=\frac{\dot{U}_i}{\dot{U}_s-\dot{U}_i}R$$

图 2-27 输入电阻测量电路

测量时应注意：

1）电阻 R 的值不宜取得过大或过小，以免产生较大的测量误差，通常取 R 与 R_i 为同一数量级为好，本实验可把 R 取为 $2k\Omega$。

2）测量之前，毫伏表应该校零，U_s 和 U_i 最好用同一量程档进行测量。

3）输出端应接上负载电阻 R_L，并用示波器监视输出波形。要求在波形不失真的条件下进行上述测量。

（3）输出电阻 R_o 的测量

输出电阻 R_o 的大小反映了放大器带负载的能力，R_o 愈小，带负载的能力愈强。当 $R_o\ll R_L$ 时，放大器可等效成一个恒压源。测量方法如图 2-28 所示。

在放大器正常工作条件下，测出输出端开路（不接负载 R_L）时的输出电压 U_o 和接入负载 R_L 后的输出电压 U_L，根据

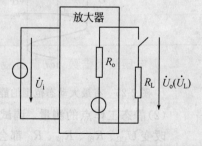

图 2-28 输出电阻测量电路

$$U_L=\frac{R_L}{R_o+R_L}U_o$$

即可求出 R_o，即

$$R_o = \left(\frac{U_o}{U_L} - 1\right)R_L$$

在测试中应注意，必须保持 R_L 接入前后输入信号的大小不变。

（4）最大不失真输出电压 U_{oPP} 的测量（最大动态范围）

为了得到最大动态范围，应将静态工作点调在交流负载线的中点。调节信号发生器输出，使输入信号幅度逐渐增大，并同时调节 RP₁（改变静态工作点），用示波器观察输出信号的波形。直到输出波形刚要出现失真而没有出现失真时，停止增大输入信号，这时示波器所显示的正弦波电压幅度就是放大电路的最大不失真输出电压的幅度 U_{oPP}。

五、预习要求

1）复习单管共射放大电路的工作原理及其特点，根据实验电路估算静态工作点、放大倍数、输入电阻、输出电阻（本实验采用 9013 晶体管，其（$\beta = 70 \pm 5$））。

2）了解测试放大电路的静态工作点及动态指标测试的方法。

3）复习示波器、函数信号发生器、交流毫伏表等实验仪器的用法。

六、实验内容与步骤

实验电路板如图 2-23 所示，按图 2-24 接线。电子仪器可按常用电子仪器使用的实验中所介绍的方式连接，如图 2-1 所示。为防止干扰，各仪器的公共端必须连在一起，同时信号源、交流毫伏表和示波器的引线应采用专用电缆线或屏蔽线。

1. 静态工作点的调整和测量

以放大器具有最大不失真输出为寻找静态工作点的依据，静态工作点必须选择在交流负载线的中部。

实验电路的电源接至直流稳压电源的 +12V 电源，即 $U_{CC} = +12V$。置 $U_i = 0$，即图 2-24 的 B 点接地。调节 680kΩ 电位器，使 $U_C \approx 7V$，然后再用直流电压表测量 U_B 和 U_E，计算 U_{BE}、U_{CE}、I_C、I_B，填入表 2-7 中。

表 2-7　数据记录

测量值			计算值			
U_B/V	U_E/V	U_C/V	U_{BE}/V	U_{CE}/V	I_C/mA	I_B/uA

2. 测电压放大倍数，测量负载电阻 R_L 对电压放大倍数的影响

利用函数信号发生器，在放大器的输入端加入频率为 $f = 1kHz$ 的正弦信号（输入信号从图 2-24 的 B 点送入），然后调节函数信号发生器的输出旋钮，使放大器的输入电压 $U_i = 30mV$（输入电压有效值用交流毫伏表测量）。同时用示波器观察放大器输出电压 u_o 波形，在波形不失真（如果输出波形失真，则减小输入电压 U_i 的值或调节 RP₁，使输出最大不失真）的条件下用交流毫伏表测量 $R_L = \infty$、$R_L = 20kΩ$ 和 $R_L = 2kΩ$ 三种情况下的 U_o 值，并用示波器观察 u_o 和 u_i 的相位关系，填入表 2-8 中。

表 2-8 数据记录

R_L	U_i/mV	U_o/V	$A_u = U_o/U_i$	观察记录一组 u_o 和 u_i 波形
∞				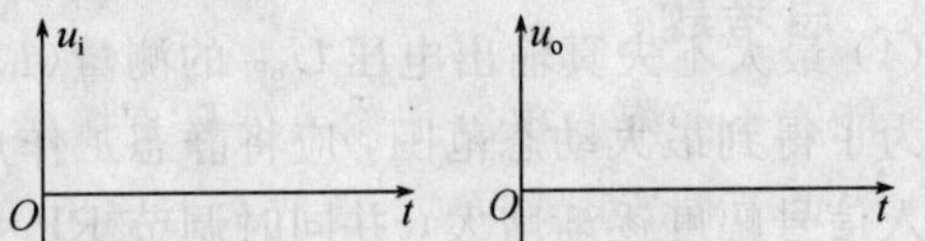
20kΩ				
2kΩ				

3. 观察静态工作点对输出波形失真的影响

分别增大和减小 RP_1（680kΩ），使波形出现明显截止失真和明显饱和失真，用直流电压表测出 U_{CE} 的值，以及观测到的失真波形绘于表 2-9 中。

表 2-9 数据记录

状 态	U_{CE}/V	记录 u_o 波形
截 止 失 真		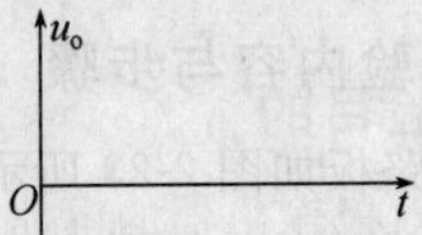
饱 和 失 真		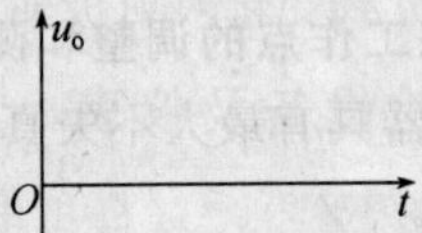

4. 测量输入电阻 R_i 和输出电阻 R_o

（1）置 $R = R_s = 2kΩ$，利用函数信号发生器，输入端加入频率为 $f = 1kHz$、$U_s = 30\ mV$ 的正弦信号（输入的交流信号从图 2-24 的 A 点送入），$R_L = 2kΩ$，在输出电压 U_o 不失真的情况下，用交流毫伏表测出 U_s、U_i 和 U_L，填入表 2-10。

（2）保持 U_s 不变，断开 R_L，测量输出电压 U_o，填入表 2-10 中。

表 2-10 数据记录与计算

U_s/mV	U_i/mV	$R_i/kΩ$		U_L/V	U_o/V	$R_o/kΩ$	
		测量值	理论计算值			测量值	理论计算值

七、实验报告

1）整理测量数据，并把实测的静态工作点、电压放大倍数的实测值与理论计算值比较，分析产生误差中原因。

2）整理测量数据，分析输入电阻、输出电阻的实测值与理论计算值有何差异，为什么？

3）通过实验数据，说明负载电阻 R_L 的大小对放大电路输出电压 U_o 的影响。

4）讨论静态工作点变化对放大器输出波形的影响。

5）分析讨论在调试过程中出现的问题。

6）回答思考题。

八、思考题

1）能否不经隔直电容把输入信号直接接在放大器的输入端，为什么？

2）当调节偏置电阻 R_{B1}，使放大器输出波形出现饱和或截止失真时，晶体管的管压降 U_{CE} 怎样变化？

3）改变静态工作点，对放大器的输入电阻 R_i 有否影响？改变外接负载电阻 R_L，对输出电阻 R_o 有否影响？

4）测量静态工作点用什么仪表？测量放大器的输入信号和输出信号用什么仪表？为什么？

5）若测出 $U_{CE} \approx 0V$ 或 $U_{CE} \approx +U_{CC}$，分别出现什么问题？

第四节 射极输出器

一、实验目的

1）掌握射极输出器的电路特点，了解射极输出器的应用。

2）进一步学习放大器各项参数测试方法。

3）了解负载变化对射极输出器电压放大倍数的影响。

二、实验设备及仪表

1）SAC－TZ101－3 模拟电子实验台。

2）DF1641A 函数信号发生器。

3）DS5022M 数字存储示波器。

4）DF1930A 交流毫伏表。

5）直流电压表。

6）直流稳压电源。

三、实验电路

图 2-29、图 2-30 为实验用电路板及射极输出器实验电路。

四、实验原理

射极输出器的输出电压从发射极输出，集电极为输入信号 $\dot{U}_i$ 和输出信号 $\dot{U}_o$ 的公共端，在接法上是一个共集电极电路，如图 2-30 所示。因输出电压全部反馈到输入回路，抵消了大部分输入信号电压，构成了电压串联负反馈放大器。由于大部分输入信号电压被抵消，大大地减少了在 BE 间实际输入的信号电压及信号电流，就相当于把输入阻抗提高了数十倍，同时电压负反馈能够稳定输出信号电压，就相当于大大地减少了放大器的输出阻抗。所以射极输出器的电压放大倍数接近于 1，输出电压与输入电压同相，具有电压跟随特性，以及输入电阻高，输出电阻低的特点。

射极输出器的有关基本关系式如下（参照图 2-30 电路）：

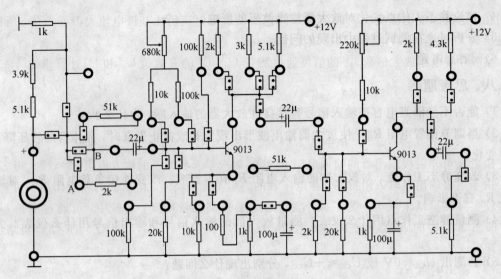

图 2-29　实验电路板

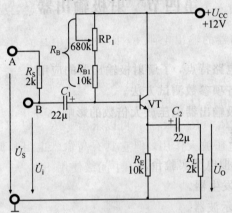

图 2-30　射极输出器实验电路

1. 静态工作点估算

$$I_B = \frac{U_{CC} - U_{BE}}{R_B + (1+\beta)R_E}$$

$$I_C \approx I_E = (1+\beta)I_B$$

$$U_{CE} = U_{CC} - I_E R_E$$

实验中，可在静态（$u_i = 0$，即将输入信号对地短路）时，测得晶体管各电极对地的电位 U_B、U_E 以及 U_C，然后用下式计算静态工作点的参数：$U_{BE} = U_B - U_E$，$I_C \approx I_E = U_E/R_E$，$I_B = (U_{CC} - U_B)/R_B$ 或 $I_B = I_C/\beta$，

$$U_{CE} = U_C - U_E = U_{CC} - U_E$$

2. 放大电路动态性能指标

（1）电压放大倍数

$$A_u = \frac{\dot{U}_o}{\dot{U}_i} = \frac{(1+\beta)(R_E // R_L)}{r_{be} + (1+\beta)(R_E // R_L)}$$

上式说明射极输出器的电压放大倍数接近于 1 但恒小于 1，且为正值，输入电压与输出电

压同相,这是深度电压负反馈的结果。但它的发射极电流仍比基极电流大$(1+\beta)$倍,所以它无电压放大作用,但有电流和功率放大作用。

实验中,电压放大倍数 A_u 的值可通过测量 $\dot{U}_o$、$\dot{U}_i$ 的有效值 U_o 和 U_i 计算求出 $|A_u| = \dfrac{U_o}{U_i}$。

(2) 输入电阻 R_i

$$R_i = R_B // [r_{be} + (1+\beta)(R_E // R_L)]$$

由上式可知射极输出器的输入电阻 R_i 比共射极单管放大器的输入电阻 $R_i \approx r_{be}$ 大得多。

由于射极输出器输入阻抗高,在电压表的内阻不是很高时,电压表的分流作用不可忽视,它将使实际测量结果减小。为了减小测量误差,提高测量精度,实验中,可通过测量 U_s 和 U_i,即图 2-30 中的 A、B 两点的对地电位,根据 $R_i = U_i / I_i = U_i / [(U_s - U_i)/R]$,即可求出输入电阻。

(3) 输出电阻 R_o

$$R_o = R_E // \frac{r_{be} + (R_S // R_B)}{1+\beta} \approx \frac{r_{be} + (R_S // R_B)}{1+\beta}$$

由上式可知,射极输出器的输出电阻 R_o 比共射极单管放大器的输出电阻 $R_o = R_C$ 低得多。

输出电阻 R_o 的测试方法也同共射极单管放大器。实验中,可通过测出空载输出电压 U_o,再测接入负载 R_L 后的输出电压 U_L,根据

$$U_L = U_o R_L / (R_o + R_L) \qquad 可以求出 \qquad R_o = U_o / U_L - 1 R_L$$

射极输出器虽然没有电压放大作用,但它具有高输入电阻和低输出电阻的特点,故在电子电路中应用较广,可作为输入极、输出极、中间级使用。

五、预习要求

1) 复习射极输出器的工作原理及其特点,了解其在电子电路中的应用。

2) 进一步复习测试放大电路的静态工作点、放大倍数及输入和输出电阻的方法。

六、实验内容与步骤

实验电路板如图 2-29 所示,射极输出器实验按图 2-30 接线。

1. 静态工作点的调整和测量

将直流稳压电源 +12V 作为实验电路的电源,即 $U_{CC} = +12V$。置 $U_i = 0$,调节 680kΩ 电位器,用直流电压表测量,使 $U_E \approx 7V$,然后再测量 U_B 和 U_C,计算 U_{BE}、U_{CE}、I_C、I_B,并把测量数据填入表 2-11 中。

表 2-11　数据记录

测量值			计算值			
U_B/V	U_E/V	U_C/V	U_{BE}/V	U_{CE}/V	I_C/mA	$I_B/\mu A$

2. 测量电压放大倍数

利用函数信号发生器,在放大器输入端加入频率为 $f = 1kHz$ 的正弦信号电压(输入信号

电压从图 2-30 的 B 点送入），然后调节函数信号发生器的输出旋钮，使放大器的输入电压为 $U_i = 500\text{mV}$（输入电压有效值用交流毫伏表测量）。同时用示波器观察放大器输出电压 u_o 波形，在输出最大不失真条件下（如果输出波形失真，则减小输入电压 u_i 的值或调节 RP_1），用交流毫伏表测量 $R_L = \infty$，$R_L = 20\text{k}\Omega$ 和 $R_L = 2\text{k}\Omega$ 三种情况下的 u_o 值，并用示波器观察 u_o 和 U_i 的相位关系，计算出 A_u 值，填入表 2-12 中。

表 2-12　数据记录

R_L	U_i/mV	U_o/V	$A_u = \dfrac{U_o}{U_i}$	观察记录一组 u_o 和 u_i 波形
∞				
$20\text{k}\Omega$				
$2\text{k}\Omega$				

3. 测量输入电阻 R_i 和输出电阻 R_o

（1）置 $R = R_s = 2\text{k}\Omega$，利用函数信号发生器，从图 2-30 的 A 点送入频率为 $f = 1\text{kHz}$、$U_s = 500\text{mV}$ 的正弦信号电压，在 $R_L = 2\text{k}\Omega$，输出电压 U_o 不失真的情况下，用交流毫伏表测出 U_s（A 点）、U_i（B 点）和 U_L，填入表 2-13 中。

（2）保持 U_s 不变，断开 R_L，测量输出电压 U_o，填入表 2-13 中。

表 2-13　数据记录与计算

U_s/mV	U_i/mV	$R_i/\text{k}\Omega$		U_L/V	U_o/V	$R_o/\text{k}\Omega$	
		测量值	理论计算值			测量值	理论计算值

七、实验报告

1）整理实验数据，并把实测的静态工作点、电压放大倍数、输入电阻、输出电阻的实测值与理论计算值比较，分析产生误差的原因。

2）分析射极输出器的性能和特点。

3）简要说明射极输出器的应用。

4）回答思考题。

八、思考题

实验电路中，偏置电阻 R_{B1} 起什么作用？既然有了 RP_1，是否可以不要 R_{B1}？为什么？

第五节　负反馈放大器

一、实验目的

1）加深理解放大电路中引入负反馈的方法，研究负反馈对放大器性能的影响。

2）学习负反馈放大电路性能指标的测量方法。

二、实验设备及仪表

1) SAC－TZ101－3 模拟电子实验台。

2) DF1641A 函数信号发生器。

3) DS5022M 数字存储示波器。

4) DF1930A 交流毫伏表。

5) 直流电压表。

6) 直流稳压电源。

三、实验电路

图 2-31 为两级阻容耦合级间负反馈实验电路板，图 2-32 为放大电路原理图。

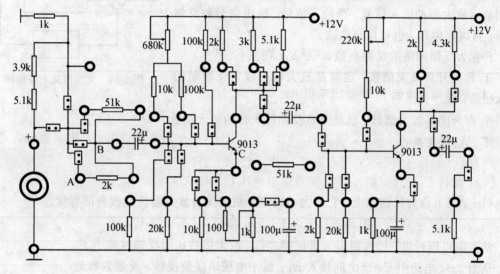

图 2-31 实验电路板

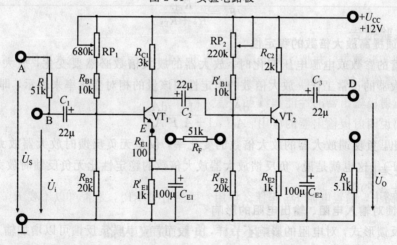

图 2-32 带级间负反馈两级阻容耦合的放大电路原理图

四、实验原理

由于晶体管的参数会随着环境温度改变而改变，不仅放大器的工作点、放大倍数不稳定，还存在失真、干扰等问题。为改善放大器的这些性能，常常在放大器中加入负反馈环节。

负反馈在电子电路中的应用，虽然它使放大器的放大倍数降低，但能在多方面改善放大器的动态指标，如稳定放大倍数，改变输入、输出电阻，减小非线性失真和展宽通频带等。

根据输出端取样方式和输入端连接方式的不同，可以把负反馈放大器分成四种基本组态：电流串联负反馈、电压串联负反馈、电流并联负反馈、电压并联负反馈。

图 2-32 电路中，将 R_F 接在 C、D 之间，为带有级间负反馈的两级阻容耦合放大电路，通过 R_F 把输出电压 U_o 引回到输入端，加在晶体管 VT_1 的发射极上，在发射极电阻 R_{E1} 上形成反馈电压 u_f。根据反馈的判断法可知，它属于电压串联负反馈。

1. 负反馈放大器的放大倍数

图 2-33 是负反馈放大器的框图，其中 $\dot{X}_i$、$\dot{X}_d$、$\dot{X}_o$ 和 $\dot{X}_f$ 分别表示放大器的输入信号、净输入信号、输出信号和反馈信号，可以是电压，也可以是电流。

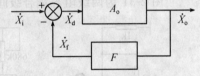

图 2-33　负反馈放大器框图

F 称为反馈网络的反馈系数，$F = \dot{X}_f / \dot{X}_o$。

A_o 称为开环放大倍数，也就是放大器不带负反馈时的放大倍数，$A_o = \dot{X}_o / \dot{X}_d$。

A_f 称为闭环放大倍数，也就是负反馈放大器的放大倍数，$A_f = \dot{X}_o / \dot{X}_i$。

A_f、A_o 的关系：

$$A_f = \frac{A_o}{1 + A_o F} \approx \frac{1}{F}$$

$(1 + A_o F)$ 称为反馈深度，它的大小决定了负反馈对放大器性能改善的程度。

因为　$|1 + A_o F| > 1$，所以　$|A_f| < |A_o|$

从上面可以看出，放大器引入负反馈之后，放大倍数比无反馈时减小了。

从图 2-32 电路中 C、D 之间接入 R_F，属于电压串联负反馈，反馈系数为

$$F_V = \frac{R_{E1}}{R_F + R_{E1}}$$

2. 负反馈提高放大倍数的稳定性

当晶体管的参数或电源电压变化时，放大器的放大倍数必然要变化，放大倍数的变化，就会影响放大器的正常工作。放大倍数的稳定性用该量的相对变化率来表示，即

$$\frac{dA_f}{A_f} = \frac{1}{1 + A_o F} \frac{dA_o}{A_o}$$

上式指出，负反馈放大器的放大倍数的变化率，仅是无负反馈时放大器放大倍数变化率的 $1/(1 + A_o F)$。这也就是说，负反馈放大器放大倍数的稳定性比无负反馈时放大倍数的稳定性提高了 $(1 + A_o F)$ 倍。

3. 负反馈对输入电阻、输出电阻的影响

不同的反馈形式，对电阻的影响不一样，一般而言，串联负反馈可以增加输入电阻，并联负反馈会减小输入电阻；电压负反馈将减小输出电阻，电流负反馈将增加输出电阻。本实验中的 R_F，引入电压串联负反馈，输入电阻增加，输出电阻减小。它们增加、减小的程度与反馈深度有关，满足

$$R_{if} = (1 + A_o F) R_i$$

$$R_{of} = \frac{R_o}{1 + A_o F}$$

式中，R_i、R_o 为开环时的输入电阻、输出电阻。

4. 展宽通频带

放大器的幅频特性是指放大器的电压放大倍数 A_u 与输入信号频率 f 之间的关系曲线。单管阻容耦合放大电路的幅频特性曲线如图 2-34 所示。由于耦合电容、旁路电容的存在，引起了低频段电压放大倍数的降低，而晶体管的结电容、分布电容却又造成高频段电压放大倍数的降低。图中 $|A_{um}|$ 为中频电压放大倍数，通常规定电压放大倍数随频率变化下降到中频放大倍数的 $1/\sqrt{2}$ 倍，即 $0.707|A_{um}|$ 所对应的频率分别称为下限频率 f_L 和上限频率 f_H，则通频带 $f_{BW} = f_H - f_L$。

引入负反馈，放大器闭环时的下限频率 f_{Lf} 和上限频率 f_{Hf} 分别为

$$f_{Lf} = \frac{f_L}{|1 + A_o F|}$$

$$f_{Hf} = |1 + A_o F| \, f_H$$

因此，引入负反馈后，上限频率上移，而下限频率下移，从而使通频带得以加宽。

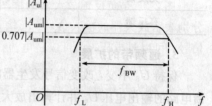

图 2-34　放大电路幅频特性

5. 非线性失真的改善

前面说过，工作点选择不合适和输入信号过大都会引起信号波形的失真。但引入负反馈后，可将输出端的失真信号反送到输入端，使净输入信号发生某种程度的失真，经过放大之后，即可将输出信号的失真得到一定程度的补偿。但负反馈是利用失真了的波形来改善波形的失真，因此只能减小失真，不能完全消除失真。

五、预习要求

1) 复习教材中有关负反馈放大器的内容，要求掌握负反馈对放大电路性能的影响。

2) 估算基本放大器的 A_V、R_i 和 R_o；估算负反馈放大器的 A_{Vf}、R_{if} 和 R_{of}，并验算它们之间的关系。

六、实验内容与步骤

实验电路板如图 2-31 所示，按图 2-32 所示的带级间负反馈两级阻容耦合的放大电路接线。

1. 测量静态工作点

将直流稳压电源 +12V 作为实验电路的电源，即 $U_{CC} = +12V$。调节 680kΩ 电位器，使晶体管 VT_1 的 $U_{C1} = 5V$ 左右，调节 220kΩ 电位器，使晶体管 VT_2 的 $U_{C2} \approx 7V$。用直流电压表分别测量第一级、第二级的各点的电位值，记录在表 2-14 中。

表 2-14　数据记录

测量级	测量值			计算值		
	U_B/V	U_E/V	U_C/V	U_{BE}/V	U_{CE}/V	I_C/mA
第一级						
第二级						

2. 测量电压放大倍数

利用函数信号发生器，输入端加入频率为 $f=1\text{kHz}$，$U_s=10\text{ mV}$ 的正弦信号电压(输入的交流信号电压从图 2-32 的 A 点送入)。用示波器分别观测输入和输出信号电压的波形，在 U_o 不失真的情况下(如有失真，应减小输入信号或者重新调整静态工作点)，分别用毫伏表测量出放大器无反馈时(不接入 $R_F=51\text{k}\Omega$)有反馈时(图 2-32 的 C、D 之间接入 $R_F=51\text{k}\Omega$)两种放大电路的输入电压 U_i(图 2-32 的 B 点)、输出电压 U_o，并分别计算出电压放大倍数，记录在表 2-15 中。

表 2-15　数据记录

放大器	U_i/mV	U_o/V	A_u
无反馈			
有反馈			

3. 通频带的扩展

保持 U_s 不变，改变信号发生器的频率 1kHz(步骤 2 已测出 $f=1\text{kHz}$)，测出有反馈和无反馈电路的输出电压 U_o 并计算出放大倍数。减小和增大信号发生器的频率，分别确定出有反馈和无反馈两种放大器的下限频率 f_L 和上限频率 f_H(f_L、f_H 频率点处的放大倍数为 $f=1\text{kHz}$ 时放大倍数的 0.707 倍)，没出在 f_L 和 f_H 下的 U_o 并计算放大倍数。将数据记录在表 2-16 中。

表 2-16　数据记录

	无反馈			有反馈		
	f /Hz	U_o /V	A_u(计算)	f /Hz	U_o /V	A_u(计算)
	1kHz			1kHz		
f_L						
f_H						

4. 电压放大倍数稳定性的测定

输入电压保持在 $f=1\text{kHz}$、$U_s=10\text{mV}$。将电源电压改变 $\pm25\%$，即 12V 变到 15V、从 12V 变到 9V，分别测出有反馈和无反馈时的输出电压，并计算出放大倍数。用变化率比较放大器有、无反馈时稳定性的优劣，记录在表 2-17 中。

表 2-17　数据记录

电源电压		$U_s=10\text{mV}$	9V	12V	15V
无反馈		U_o/V			
		A_u			
有反馈		U_o/V			
		A_u			
电源电压变化率			-25%		$+25\%$
放大倍数变化率	无反馈	$\dfrac{A_{u9}-A_{u12}}{A_{u12}}\times100\%=$		$\dfrac{A_{u15}-A_{u12}}{A_{u12}}\times100\%=$	
	有反馈	$\dfrac{A_{u9}-A_{u12}}{A_{u12}}\times100\%=$		$\dfrac{A_{u15}-A_{u12}}{A_{u12}}\times100\%=$	

5. 非线性失真的改善

（1）将电路接成无反馈放大器，在输入端加入 f =1kHz 的正弦信号电压。增大输入信号，用示波器观测输出信号的波形，当发生较小失真时，将此时的波形，记录于图 2-35a 中。

（2）给放大器加上负反馈（图 2-32 的 C、D 之间接入 R_F=51kΩ），观察波形失真是否有所改善，并将波形变化记录于图 2-35b 中。

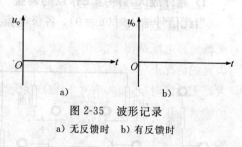

图 2-35　波形记录

a) 无反馈时　b) 有反馈时

七、实验报告

1）根据实验结果，总结电压串联负反馈对放大器性能的影响。

2）将基本放大器和负反馈放大器动态参数的实测值和理论估算值列表进行比较。

3）回答思考题。

八、思考题

1）如输入信号存在失真，能否用负反馈来改善？

2）什么是负反馈放大器的反馈深度？如何调整反馈深度？

第六节　差分放大器

一、实验目的

1）加深理解差分放大器的性能和特点。

2）熟悉差分放大器在输入和输出连接方式不同时的差模放大倍数的测试。

3）学习差分放大器主要性能指标的测试方法，对差分放大器的性能作出评价。

二、实验设备及仪表

1）SAC－TZ101－3 模拟电子实验台。

2）直流电压表。

3）μF500 万用表。

三、实验电路

图 2-36、图 2-37 分别为差分放大器实验电路板和实验电路。

四、实验原理

图 2-37 是差分放大器的电路图。它由两个元件参数相同的基本共射放大电路组成。当 1 与 2 接线时，构成典型的差分放大器。调零电位器 RP 用来调节 VT_1、VT_2 管的静态工作点，使得输入信号 U_i=0 时，双端输出电压 U_o=0。R_E 为两管共用的发射极电阻，对差模信号无负反馈作用，因而不影响差模电压放大倍数，但对共模信号有较强的负反馈作用，故可以有效地抑制零漂，稳定静态工作点。当 1 与 3 接线时，构成具有恒流源的差分放大器。用晶体管恒流源代替发射极电阻 R_E，可以进一步提高差分放大器抑制共模信号的能力。

1. 差分放大器静态工作点的调整

当无信号输入时（$u_i = 0$），各极电流是静态电流。

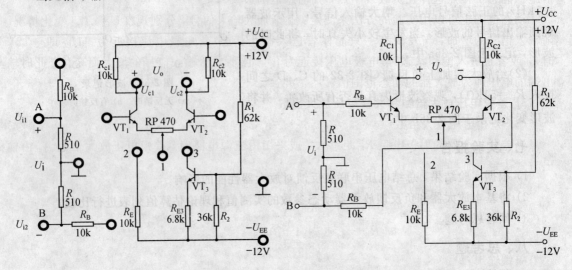

图 2-36　差分放大器实验电路板　　　　　图 2-37　差分放大器实验电路

如果差分放大器两边元件的参数完全对称，则 VT_1 和 VT_2 的基极、集电极、发射极电流的大小也就相等，因而只要对电路的一个边进行分析就足够了。

（1）典型电路（1 与 2 接线）　　　　　$I_{RE} = \dfrac{|U_{EE}| - U_{BE}}{R_E}$

式中，$U_{BE} = 0.7V$　所以 $I_C \approx I_E = \dfrac{|U_{EE}| - U_{BE}}{2R_E}$

$$U_C = U_{CC} - I_C R_C$$

（2）恒流源电路（1 与 3 接线）

$$I_{C3} \approx I_{E3} \approx \dfrac{\dfrac{R_2}{R_1 + R_2}(U_{CC} + |U_{EE}|) - U_{BE}}{R_{E3}}$$

$$I_{C1} = I_{C2} = \dfrac{1}{2} I_{C3}$$

通过上面的分析可以看到，利用调整 U_{EE} 和 R_E 的方法，就可以使静态工作点选择在任意所需的位置上。

例如，增大 U_{EE} 或者减小 R_E 会使 I_E 增大、U_C 降低、静态工作点上移；减小 U_{EE} 或增大 R_E 会使 I_E 减小、U_C 上升、静态工作点下移。

2. 差分放大器的动态范围

我们先在理论上估计一下差分放大器的动态范围。根据差分放大器的原理，当放大器有差分信号输入时，一只晶体管的集电极的电流增大、电位下降，而另一只晶体管的集电极的电流减小、电位上升，但两管相应的变化量的绝对值是相等的。因而当静态工作点选择在负载线的下部时，随输入信号的增大，一只管子先进入截止状态，虽然另一只管子仍处于放大状态，其动态范围是 $2I_{CQ}R_C$。静态工作点选在负载线的上部时，一只管子先进入饱和状态因而这时放大器的动态范围应为 $2U_{CQ}$。所以估计放大器的动态范围时，应先计算出 $2U_{CQ}$ 和

$2I_{CQ}R_C$，其动态范围为两者中的小者。和单管放大器一样，提高 U_{CC} 是增大动态范围的有效措施。静态工作点选择在负载线中点，其动态范围最大。

动态范围也可以用实验的方法来测定：逐渐加大输入信号，分别观察 U_{C1}、U_{C2} 变化情况。随输入信号的增加，当发现有一只晶体管进入截止状态（集电极电压接近为 $+U_{CC}$ 即 $+12V$ 时），或者是进入饱和状态（集电极电压接近为 0），且不再随输入信号的增大而变化，此时输出端的电压即为放大器的动态范围值。

3. 差模电压放大倍数和共模电压放大倍数

（1）差模电压放大倍数

当差分放大器的射极电阻 R_E 足够大，或采用恒流源电路时，差模电压放大倍数 A_d 由输出方式决定，而与输入方式无关。

考虑 $R_E = \infty$，RP 的滑动端在中心位置时，

双端输出：$A_d = \dfrac{\Delta U_o}{\Delta U_i} = -\dfrac{\beta R_C}{R_B + r_{be} + \dfrac{1}{2}(1+\beta)R_{RP}}$

单端输出：

$$A_{d1} = \frac{\Delta U_{C1}}{\Delta U_i} = \frac{1}{2}A_d$$

$$A_{d2} = \frac{\Delta U_{C2}}{\Delta U_i} = -\frac{1}{2}A_d$$

电压放大倍数的表达式说明由两只晶体管组成的差分放大器的电压放大倍数和由一只晶体管组成的单管放大器的相同，所以说虽然差分放大器具有抑制零点漂移的能力，但却也付出了新的代价。

（2）共模电压放大倍数

当输入共模信号时，

单端输出：$A_{C1} = A_{C2} = \dfrac{\Delta U_{C1}}{\Delta U_i} = -\dfrac{\beta R_C}{R_B + r_{be} + (1+\beta)(\dfrac{1}{2}R_{RP} + 2R_E)} \approx -\dfrac{R_C}{2R_E}$

双端输出：在理想情况下

$$A_C = \frac{\Delta U_o}{\Delta U_i} = 0$$

实际上由于元件不可能完全对称，因此 A_C 也不会绝对等于零。

4. 共模抑制比（K_{CMRR}）

为了表征差分放大器对有用信号（差模信号）的放大作用和对共模信号的抑制能力，通常用一个综合指标来衡量，即共模抑制比

$$K_{CMRR} = \frac{A_d}{A_c}$$

显然，共模抑制比越大，放大器分辨所需要的差模信号能力越强，而受共模信号的影响越小，即是零点漂移小。对于差分放大器而言，如果电路参数完全对称，则 $A_c = 0$，$K_{CMRR} \rightarrow \infty$，事实上，电路是难以完全对称的，因而共模抑制比随电路的不对称程度的减小而减小。另外，射极电阻 R_E 对共模信号也有负反馈作用（抑制作用），尽可能加大 R_E。

五、预习要求

1）复习教材中有关差分放大器的内容，理解图 2-37 所示差分放大器的工作原理。

2）根据实验电路参数，估算典型差分放大器和具有恒流源的差分放大器的静态工作点及差模电压放大倍数。

六、实验内容与步骤

（一）典型差分放大器

将实验电路板（见图 2-36）按图 2-37 电路图接线，将两个 R_B（10kΩ）分别与 VT_1、VT_2 的基极连接，1 点接 2 点，构成典型差分放大器。将直流稳压电源＋12V、－12V 作为实验电路的电源。

1. 测量静态工作点

（1）放大器的调零

差分放大器两边的元件不可能作到完全对称，因而实验前需要对放大器进行调零。所谓调零就是不接信号源，将放大器输入端 A、B 与地短接，使 $U_i = 0$ 时，用直流电压表测量输出电压 U_o，调节调零电位器 R_{RP}（470Ω），使放大器的输出电压 $U_o = 0$。调节要仔细，力求准确。

（2）测量静态工作点

零点调好以后，用直流电压表测量 VT_1、VT_2 管各电极电位及射极电阻 R_E 两端电压 U_{RE}，并记录数据于表 2-18。

表 2-18　数据记录

	U_{C1}/V	U_{B1}/V	U_{E1}/V	U_{C2}/V	U_{B2}/V	U_{E2}/V	U_{RE}/V
测量值							
计算值	U_{CE1}	U_{BE1}	U_{CE2}	U_{BE2}	I_{C1}	I_{C2}	I_{RE}

2. 测量差模电压放大倍数及动态范围的测定

A、B 点断开，直流信号源接 A、B 端（直流信号源的可调端接 A 端，直流信号源的地接 B 端），构成差模输入（单端输入方式）。调直流信号源旋钮，改变输入信号 Ui 的大小，逐渐增大输入电压 U_i，测量 U_{C1}、U_{C2}、U_o 随 U_i 改变而变化的情况。测量时务必找出放大器的动态范围。并记录数据于表 2-19。

表 2-19　数据记录

U_i/V	0	0.1	0.2	0.3	0.4	0.5	0.6	0.7	0.8	0.9	1	1.1
U_{C1}/V												
U_{C2}/V												
U_o/V												

从以上数据可知该放大器的动态范围是（　　　　）V。

差分放大倍数　$A_d = \dfrac{U_o}{U_i}\bigg|_{U_i=0.5V} = \qquad\qquad A_{d1} = \dfrac{\Delta U_{C1}}{U_{i1}}\bigg|_{U_{i1}=0.25V} = $

注：ΔU_{C1} 为 $U_{C1}\big|_{0.5V} - U_{C1}\big|_{0V}$

3. 测量共模电压放大倍数

A、B 点对地短接，差分放大器再次调零。

A、B 短接，接直流信号源的可调端接 A 或 B，直流信号源的地接电路的地，构成共模输入方式。调直流信号源旋钮，改变输入信号 U'_i（A 或 B 点与地之间的电压）的大小，逐渐增大输入电压 U'_i，测量 U_{C1}、U_{C2}、U'_o 随 U_i 改变而变化的情况。并记录数据于表 2-20。

表 2-20 数据记录

U'_i/V	0	0.3	0.5	0.7	0.9	1.1
U_{C1}/V						
U_{C2}/V						
U'_o/V						

共模放大倍数 $\qquad A_C = \dfrac{U'_o}{U'_i}\Big|_{U'_i = 0.5} =$

共模抑制比 $\qquad K_{CMRR} = \dfrac{A_d}{A_c} =$

（二）带恒流源的差分放大器

将电路改接成带恒流源的差分放大器，1 点接 3 点，重复实验（一）中 1（1）、2、3 的内容。并记录数据于表 2-21，表 2-22。

表 2-21 数据记录

U_i/V	0	0.1	0.2	0.3	0.4	0.5	0.6	0.7	0.8	0.9	1	1.1
U_{C1}/V												
U_{C2}/V												
U_o/V												

从以上数据可知该放大器的动态范围是（　　　）V。

差分放大倍数 $\quad A_d = \dfrac{U_o}{U_i}\Big|_{U_i = 0.5V} = \qquad\qquad A_{d1} = \dfrac{\Delta U_{C1}}{U_{i1}}\Big|_{U_{i1} = 0.25V} =$

表 2-22 数据记录

U'_i/V	0	0.3	0.5	0.7	0.9	1.1
U_{C1}/V						
U_{C2}/V						
U'_o/V						

共模放大倍数 $\qquad A_C = \dfrac{U'_o}{U'_i}\Big|_{U'_i = 0.5} =$

共模抑制比 $\qquad K_{CMRR} = \dfrac{A_d}{A_c} =$

七、实验报告

1) 通过典型差分放大器实验内容（表 2-19 中的数据），简述差分放大器的工作原理。

2) 典型差分放大器实验内容（表 2-20 中的数据），做出典型差分放大器 U'_o 和 U'_i 的曲线，并根据此曲线说明差分放大器对共模信号的抑制作用。

3）根据所测量的电压放大倍数、动态范围、共模抑制比对本电路的技术性能作出评价。

4）根据实验结果，总结电阻 R_E 和恒流源的作用。

5）回答思考题。

八、思考题

1）测量静态工作点时，放大器输入端 A、B 与地应如何连接？

2）实验中 A、B 端与信号源之间如何连接，方可分别获得双端和单端输入差模信号？如何获得共模信号？

3）怎样进行静态调零点？

第七节　集成运算放大器

一、实验目的

1）了解运算放大器的性质和特点，研究由集成运算放大器组成的比例、加法、减法、积分和微分等基本运算电路的功能。

2）正确理解运算电路中各元件参数之间的关系和"虚短"、"虚断"、"虚地"的概念。

3）学会最简单的偏差调零方法。

二、实验设备及仪表

1）SAC－TZ101－3 模拟电子实验台。

2）DF1641A 函数信号发生器。

3）DS5022M 示波器。

三、实验电路图

图 2-38 是实验电路板。

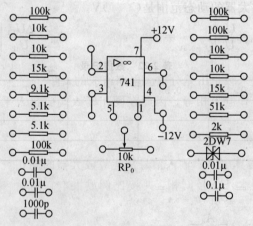

图 2-38　实验电路板

四、实验原理

1. 理想运算放大器特性

集成运算放大器是一种具有高电压放大倍数的直接耦合多级放大电路。运算放大器的符号如图 2-39 a 所示。本实验采用的 741 运放，是 8 脚双列直插式组件，引脚如图 2-39 b 所示。当外部接入不同的元器件组成负反馈电路时，可以实现比例、加法、减法、积分、微分等模拟运算电路。图中，1、5 脚为调零端，2 脚为反相输入端，3 脚为同相输入端，6 脚为输出端，7 脚为正电源输入端，4 脚为负电源输入端，8 脚为空脚。

理想运放，是将运放的各项技术指标理想
化，满足下列条件的运算放大器称为理想运放。

开环电压增益　　$A_{ud} \rightarrow \infty$

输入阻抗　　　　$r_i \rightarrow \infty$

输出阻抗　　　　$r_o = 0$

带宽　　　　　　$f_{BW} \rightarrow \infty$

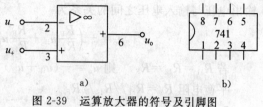

图 2-39　运算放大器的符号及引脚图
a) 符号　b) 引脚图

理想运放在线性应用时的两个重要特性：

（1）输出电压 u_o 与输入电压 u_i 之间满足关系式

$$u_o = A_{ud}(u_+ - u_-)$$

由于 $A_{ud} \rightarrow \infty$，$u_+ - u_- = \dfrac{u_o}{A_{ud}} \approx 0$，因而 $u_+ \approx u_-$，称为"虚短"。

（2）由于 $r_i \rightarrow \infty$，故流进运放两个输入端的电流可视为零，即 $I_{IB} = 0$，称为"虚断"。这说明运放对其前级吸取电流极小。

2. 反相比例运算电路

图 2-40 是反相比例运算电路。输入信号从运算放大器
的反相输入端引入，输出信号与输入信号反相，并按比例放
大。

由理想运放特性可知：$i_1 \approx i_f$，$u_- \approx u_+ = 0$

$$i_1 = \frac{u_i - u_-}{R_1} = \frac{u_i}{R_1},\quad i_f = \frac{u_- - u_o}{R_F} = \frac{-u_o}{R_F}$$

故闭环电压放大倍数为 $A_{uf} = \dfrac{u_o}{u_i} = -\dfrac{R_F}{R_1}$

即　　　　　　$u_o = -\dfrac{R_F}{R_1} u_i$

集成运算放大器的输入级是由差分放大电路组成的，它

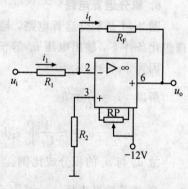

图 2-40　反相比例运算电路

要求反相和同相输入端的外电阻相等。因此在同相输入端应接入平衡电阻 R_2，且尽量使 R_2 = $R_1 // R_F$。

3. 同相比例运算电路

图 2-41 是同相比例运算电路。输入信号从运算放大器的同相
输入端引入，输出信号与输入信号同相，并按比例放大。它的输
出电压与输入电压之间的关系为

$$i_1 \approx i_f,\quad u_- \approx u_+ = u_i$$

$$i_1 = \frac{0 - u_-}{R_1} = -\frac{u_i}{R_1},\quad i_f = \frac{u_- - u_o}{R_F} = \frac{u_i - u_o}{R_F}$$

所以　$u_o = (1 + \dfrac{R_F}{R_1}) u_i$　，平衡电阻 $R_2 = R_1 // R_F$。

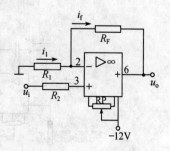

图 2-41　同相比例运算电路

当 $R_1 \to \infty$ 时，$u_o = u_i$，即得到电压跟随器。

4. 反相加法运算电路

图 2-42 是反相加法运算电路，若干个输入信号从集成运放的反相输入端引入，输出信号为它们反相按比例放大的代数和。该电路的输出电压与输入电压之间的关系为

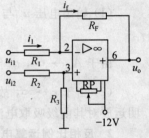

$$u_o = -\left(\frac{R_F}{R_{11}} u_{i1} + \frac{R_F}{R_{12}} u_{i2} \right)$$

若 $R_{11} = R_{12} = R_F$　则 $u_o = -(u_{i1} + u_{i2})$

平衡电阻 $R_2 = R_{11} // R_{12} // R_F$

图 2-42　反相加法运算电路

5. 差动放大电路（减法器）

对于图 2-43 所示的减法运算电路，输入信号是从集成运放的反相和同相输入端同时引入。该电路的输出电压与输入电压之间的关系为

$$u_o = (1 + \frac{R_F}{R_1}) \frac{R_3}{R_2 + R_3} u_{i2} - \frac{R_F}{R_1} u_{i1}$$

当 $R_1 = R_2$，$R_3 = R_F$ 时，有如下关系式

$$u_o = \frac{R_F}{R_1} (u_{i2} - u_{i1})$$

图 2-43　减法电路

6. 积分运算电路

图 2-44 是积分运算电路，输出电压与输入电压成积分关系，在理想化条件下，输出电压 u_o 等于

因为　$u_- \approx u_+ = 0$

所以　$i_1 = \dfrac{u_i}{R_1} = i_f$

$$u_o = -u_C = -\frac{1}{C_F} \int_0^t i_f \mathrm{d}t = -\frac{1}{R_1 C_F} \int_0^t u_i \mathrm{d}t$$

故 u_o 与 u_i 的积分成比例。

当 u_i 是阶跃电压，$u_i = U_i$（直流）时，则 $u_o = -\dfrac{U_i}{R_1 C_F} t$，$u_o$ 是时间 t 的一次函数，如图 2-45 所示。其上升和下降斜率随 R_1、C_F 和 U_i 的改变而变化。积分输出电压所能达到的最大值受集成运放最大输出范围的限制。此电压一般低于电源电压 2～3V。

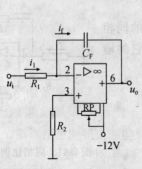

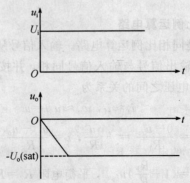

图 2-44　积分运算电路　　　图 2-45　$u_i = U_i$ 时积分运算电路的响应

7. 微分运算电路

图 2-46 是微分运算电路，将积分运算电路中 R_1 和 C_F 的位置互换，可组成基本微分运算电路

$$i_1 = C_1 \frac{\mathrm{d}u_c}{\mathrm{d}t} = C_1 \frac{\mathrm{d}u_i}{\mathrm{d}t}$$

$$u_o = -i_f R_F = -i_1 R_F$$

故
$$u_o = -R_F C_1 \frac{\mathrm{d}u_i}{\mathrm{d}t}$$

u_o 与 u_i 对时间的一阶导数成比例。

微分运算电路可以实现波形变换，例如将矩形波变换成尖脉冲，将三角波变换成矩形波，还可以实现移相。若输入信号是矩形波，则输出波形是一尖脉冲，如图 2-47 所示。

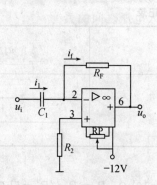

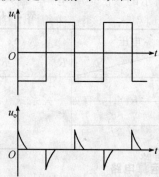

图 2-46 微分运算电路　　　图 2-47 微分运算电路的响应

基本微分运算电路的输出电压对输入电压的变化非常敏感，所以它的抗干扰性能差，而且 RC 微分电路和运算放大器合在一起能够引起自激振荡。为此可以在输入端串联电阻 R_1 以抑制其振荡，还可以在 R_F 二端并联电容 C_F 以降低高频噪声的影响。

五、预习要求

1) 复习集成运算放大器构成的基本运算电路的相关内容，简述各电路的工作原理。

2) 并根据实验电路参数计算各电路输出电压的理论值。

六、实验内容与步骤

实验前按设计要求选择运算放大器、电阻等元件的参数，看清运算放大器组件各管脚的位置；切忌正、负电源极性接反或输出端短路，否则将会损坏集成块。

1. 电路调零

运算放大器要求输入电压 u_i 为零时，输出电压 u_o 也应为零。但由于晶体管特性和电阻值不可能完全对称，以致造成实际运算放大器 u_i 为零时，u_o 不是零。因此使用运算放大器前，首先应进行调零。

将直流稳压电源＋12V、－12V 作为实验电路的电源。＋12V 接 741 运放的 7 脚。－12V 接 741 运放的 4 脚。按图 2-40 接线，取 $R_1 = R_F = 10\text{k}\Omega$，$R_2 = R_1 // R_F = 5\text{k}\Omega$，1 脚、5 脚之间接入一只 $10\text{k}\Omega$ 的电位器 RP（实验板上的电阻 R_{RP0}），并将滑动触头接到负电源端。然后将输入端接地（$u_i = 0$）。调零时，用直流电压表测量输出电压 u_o，调节 RP_0，使 $u_o = 0\text{V}$。RP_0 在以下操作中应保持不变。

2. 反相比例运算电路

反相比例运算电路如图 2-40 所示，取 $R_1 = R_F = 10\text{k}\Omega$，$R_2 = R_1 // R_F = 5\text{k}\Omega$。

（1）反相比例运算

直流信号源接反相比例运算电路的输入端 u_i，调节直流信号源旋钮，改变 u_i 的大小。按表 2-23 改变 u_i，用直流电压表 20V 量程测量 u_i 及相应的 u_o，填入表 2-23。

表 2-23　数据记录

u_i/V	0	0.3	0.5	0.7	0.9
u_o/V					

（2）固定 u_i 为 0.5V，依次改变 R_F 的数值，按下表 2-24 进行测量 u_o。

表 2-24　数据记录

电阻 $R_F/\text{k}\Omega$ ＼ 电压	u_i/V	u_o/V
10		
15	0.5	
100		

3. 同相比例运算电路

同相比例运算电路如图 2-41 所示，取 $R_1 = R_F = 10\text{k}\Omega$，$R_2 = R_1 // R_F = 5\text{k}\Omega$。输入端 u_i 接直流信号源，调节直流信号源旋钮，改变 u_i 的大小。用直流电压表 20V 量程测量 u_i 及相应的 u_o，填入表 2-25。

表 2-25　数据记录

u_i/V	0	0.3	0.5	0.7	0.9
u_o/V					

4. 反相加法运算

反相加法运算电路如图 2-42 所示，取 $R_{11} = R_{12} = R_F = 10\text{k}\Omega$，$R_2 = R_{11} // R_{12} // R_F = 3.3\text{k}\Omega$，然后将 R_{11} 与 u_{i1} 相连，R_{12} 与 u_{i2} 相连。u_{i1}、u_{i2} 接直流信号源，调节直流信号源旋钮。改变 u_{i1} 和 u_{i2} 大小，用直流电压表 20V 量程，测量 u_o，填入表 2-26。

表 2-26　数据记录

测量值			理论计算值
u_{i1}/V	u_{i2}/V	u_o/V	u_o/V
0.5	0.3		
−0.5	0.7		

5. 减法运算电路

减法运算电路如图 2-43，取 $R_1 = R_2 = 10\text{k}\Omega$，$R_3 = R_F = 100\text{k}\Omega$，$u_{i1}$、$u_{i2}$ 接直流信号源，调

节直流信号源旋钮。改变 u_{i1} 和 u_{i2} 大小，用直流电压表 20V 量程，测量 u_o，填入表 2-27。

表 2-27 数据记录

测量值			理论计算值
u_{i1}/V	u_{i2}/V	u_o/V	u_o/V
0.2	−0.3		
0.2	0.3		

6. 积分运算电路

积分运算电路按图 2-44 接好线路，取 $R_1=5.1\text{k}\Omega$，$C_F=1000\text{pF}$，$R_2=5.1\text{k}\Omega$。函数信号发生器产生一个方波（衰减达到 40dB），频率调到 $f=300\text{Hz}$，作为积分运算电路的 u_i。用示波器观察输出电压 u_o 的变化情况，并作记录于图 2-48。再用示波器观察 $f=50\text{Hz}$ 时的输出电压 u_o 波形，进行比较。

7. 微分运算电路

为降低高频噪声的影响，微分运算电路按图 2-49 接好线路，取 $C_1=0.1\mu\text{F}$，$R_F=10\text{ k}\Omega$，$C_F=0.01\mu\text{F}$。函数信号发生器产生一个方波，作为微分运算电路的 u_i。用示波器观察输出电压 u_o 的变化情况，并作记录于图 2-50。

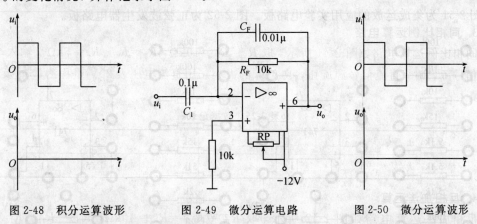

图 2-48 积分运算波形   图 2-49 微分运算电路   图 2-50 微分运算波形

七、实验报告

1）按表 2-23 的数据，在坐标上描点绘出 u_i 与 u_o 的关系曲线，并作说明。

2）将理论计算结果和实测数据相比较，分析产生误差的主要原因。

3）实验内容 6 中 $f=300\text{Hz}$ 和 $f=50\text{Hz}$ 输出电压 u_o 有何区别？

4）分析积分运算电路、微分运算电路的输入输出波形之间的关系，总结电路时间常数与输出波形之间的关系。

5）回答思考题。

八、思考题

1）在图 2-42 反相加法器中，取 $R_{11}=10\text{k}\Omega$，$R_{12}=15\text{k}\Omega$，$R_F=100\text{k}\Omega$，$u_{i1}=u_{i2}=1\text{V}$，运算放大器的最大输出幅度为 $\pm10\text{V}$，则输出电压 u_o 应为多少？

2）在积分电路中，如 $R_1 = 100\text{k}\Omega$，$C_F = 4.7\mu\text{F}$，求时间常数？假设 $u_i = -0.5\text{V}$，问要使输出电压 u_o 达到 5V，需多长时间（设 $u_c(0) = 0$）？

3）为了不损坏集成块，实验中应注意什么问题？

4）设计运算电路时，对集成运算放大器的两个输入端外接电阻有什么要求？

第八节　信号发生器

一、实验目的

1）学习用集成运算放大器构成正弦波发生器、集成运算放大器及电压比较器构成的矩形波和三角波、锯齿波发生器的工作原理。

2）了解信号的频率、幅值和电路参数的关系。

3）了解单片多功能集成电路函数信号发生器的功能及特点。

二、实验设备及仪器

1）SAC—TZ101—3 模拟电子实验台。

2）DS5022M 示波器。

3）直流稳压电源。

三、实验电路图

图 2-51 为集成运放的应用实验电路板。图 2-52 为正弦波发生器电路板。

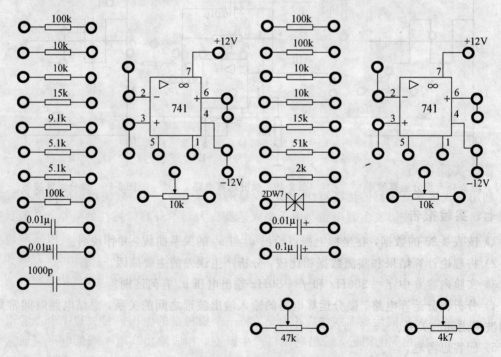

图 2-51　集成运放的应用实验电路板

图 2-53 为 ICL8038 信号发生器实验电路板。

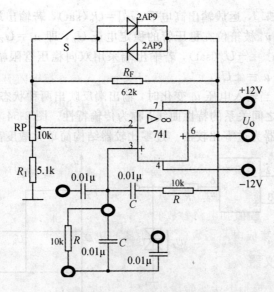

图 2-52　正弦波发生器电路板

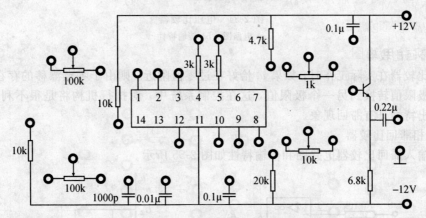

图 2-53　ICL8038 信号发生器实验电路板

四、实验原理

利用集成运算放大器的优良特性，接上少量的外部元件，可以方便地构成性能良好的正弦波振荡器和各种波形发生器电路。由于集成运算放大器本身高频特性的限制，一般只能构成频率较低的 RC 桥式正弦波振荡器，在集成电压比较器电路中引入正反馈，构成滞回比较器，就能产生方波、三角波、脉冲波和锯齿波。由集成运算放大器构成的正弦波、方波和三角波发生器有多种形式，本实验选用最常用的、线路比较简单的几种电路加以分析。

1．电压比较器

电压比较器是集成运放非线性应用电路，将一个模拟量的电压信号去和一个参考电压相比较，在二者幅度相等的附近，输出电压将产生跃变，相应输出高电平或低电平。通常用于越限报警，模/数转换和波形变换等场合。常用的电压比较器有过零比较器、滞回比较器等。

（1）简单电压比较器

图 2-54 a 所示为一简单的电压比较器，U_R 为参考电压，加在运算放大器的同相输入端，输入电压 u_i 加在反相输入端。

当 $u_i < U_R$ 时，$u_- < u_+$，运放输出高电平，$u'_o = U_o(\text{sat})$，若输出端采用双向稳压管限幅（R_o 为限流电阻），输出 u_o 被箝位在稳压管的稳定电压 U_Z，即 $u_o = U_Z$。当 $u_i > U_R$ 时，$u_- > u_+$，运放输出低电平，$u'_o = -U_o(\text{sat})$，若输出端采用双向稳压管限幅，输出 u_o 被箝位在稳压管的稳定电压 U_Z，即 $u_o = \pm U_Z$。

因此，以 U_R 为界，当输入电压 u_i 变化时，输出端反映出两种状态：高电位和低电位。表示输出电压与输入电压之间关系的特性曲线，称为传输特性。图 2-54 b 为比较器传输特性。

当 $U_R = 0$ 时，比较器为过零比较器。过零比较器结构简单灵敏度高，但抗干扰能力差。

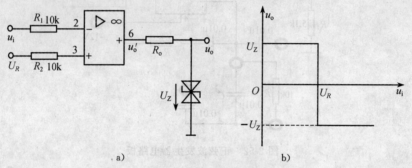

图 2-54　电压比较器

a) 电路图　b) 传输特性

（2）滞回比较器

过零比较器在实际工作时，如果 u_i 恰好在过零值附近，则由于零点漂移的存在，u_o 将不断由一个极限值转换到另一个极限值，这在控制系统中，对执行机构将是很不利的。为此，就需要输出特性具有滞回现象。

1）反相滞回比较器

反相输入滞回比较器电路图和传输特性如图 2-55 所示。

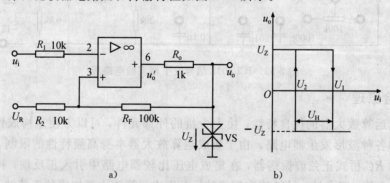

图 2-55　反相输入滞回比较器

a) 电路图　b) 传输特性

上门限电压：$U_1 = U_R \dfrac{R_F}{R_2 + R_F} + U_Z \dfrac{R_2}{R_2 + R_F}$

下门限电压：$U_2 = U_R \dfrac{R_F}{R_2 + R_F} + (-U_Z) \dfrac{R_2}{R_2 + R_F}$

回差电压：$U_H = U_1 - U_2 = 2U_Z \dfrac{R_2}{R_2 + R_F}$

2）同相滞回比较器

同相输入滞回比较器电路图和传输特性如图 2-56 a、b。

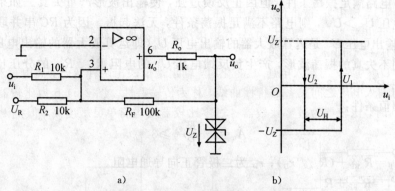

图 2-56　同相输入滞回比较器

a) 电路图　b) 传输特性

上门限电压：$U_1 = U_Z \dfrac{R_1}{R_F} - U_R \dfrac{R_1}{R_2}$

下门限电压：$U_2 = -U_Z \dfrac{R_1}{R_F} - U_R \dfrac{R_1}{R_2}$

回差电压：$U_H = U_1 - U_2 = 2U_Z \dfrac{R_1}{R_F}$

2. RC 桥式正弦波振荡器（文氏电桥振荡器）

图 2-57 a、b 为 RC 桥式正弦波振荡器电路图和输出波形图。其中 RC 串并联电路构成正反馈支路，同时兼作选频网络，R_1、R_F、RP 及二极管等元件构成负反馈和稳幅环节。调节电位器 RP，可以改变负反馈深度、满足振荡的振幅条件并改善波形。利用两个反向并联二极管 VD_1、VD_2 正向电阻的非线性特性来实现稳幅。VD_1、VD_2 采用硅管（温度稳定性好），且要求特性匹配，才能保证输出波形正、负半周对称。

根据 RC 串并联网络的频率特性可知，当频率 $f_0 = \dfrac{1}{2\pi RC}$ 时，可在 R、C 并联的两端得到最大的

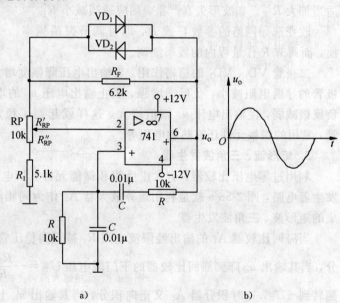

图 2-57　RC 桥式正弦波振荡器

a) 电路图　b) u_o 波形图

电压值 $U_+ = \dfrac{U_o}{3}$，把这个电压输入运算放大器的同相端作为正反馈信号，把电阻 R'_1、R'_F（$R'_1 = R''_{RP} + R_1$，$R'_F = R'_{RP} + (R_F // r_D)$）的分压电压 U_- 作为负反馈信号输入运算放大器的反相端。调节电位器 RP 使负反馈电压 U_- 接近正反馈电压 U_+，但又稍小于正反馈电压 U_+，这时电路满足振荡的幅值和相位条件，而且输出波形失真最小。如果负反馈电压远小于正反馈电

压 $U_- < U_+$，电路满足振荡条件，但因正反馈过强，使输出波形严重失真。如果负反馈电压大于正反馈电压 $U_- > U_+$，则电路不满足振荡条件，无法起振。因为 RC 串并联电路在振荡频率 f_0 时的输出电压 U_+ 是运算放大器的输出电压 U_o（即运算放大器的输出电压 U_o）的 $1/3$，所以为了得到不失真的振荡波形，产生负反馈电压 U_- 的电阻 R'_1、R'_F 的分压比也应是 $1/3$，即 $Rd_1/(R'_1 + R'_F) = 1/3$。

起振的幅值条件：

$$A_u = 1 + \frac{R'_F}{R'_1} \geqslant 3$$

式中，$R'_F = R'_{RP} + (R_F // r_D)$；$r_D$ 为二极管正向导通电阻。

$R'_1 = R''_{RP} + R_1$

电路的振荡频率：

$$f_0 = \frac{1}{2\pi RC}$$

起振时 $A_u > 3$，达到稳定状态后 $A_u = 3$。如果达到稳定后 $A_u > 3$，则输出信号波形有严重的失真现象。为消除失真，必须使放大器的电压放大倍数 $A_u = 3$，为此可调节电位器 RP，使 $A_u = 3$，从而在输出端获得一个完整的正弦信号。

负反馈太强会使振荡器停振，负反馈太弱会使振荡器波形产生失真。调整反馈电阻 R'_F（调电位器 RP），使电路起振，且波形失真最小。因此，如不能起振，则说明负反馈太强，应适当加大 R'_F。如波形失真严重，则应适当减小 R'_F。

改变选频网络的参数 C 或 R，即可调节振荡频率。一般采用改变电容 C 作频率量程切换，而调节 R 作量程内的频率细调。

二极管 VD_1、VD_2 的稳幅作用：当输出电压降幅度增大时，二极管两端电压也增大，使二极管的导通电阻减小，负反馈增强，阻止输出电压 u_o 的增加；反之，当输出电压 u_o 减小时，负反馈减弱，使输出电压 u_o 幅值增大，这样就起到了稳定输出电压幅度的作用。除了二极管，常用的稳幅元件还有热敏电阻等。

3. 矩形波、三角波发生器

利用过零电压比较器，引入正反馈和储能元件，如电容器等，就能构成各种波形的信号发生器电路，图 2-58 a 就是利用运算放大器 A_1 作为同相滞回比较器，A_2 作为反相积分器构成的矩形波、三角波发生器。

当滞回比较器 A_1 的输出经限流电阻 R_3 被双向稳压管箝位在 $+U_Z$ 时，积分器 A_2 反向积分，当其输出 u_{o2} 降到滞回比较器的下门限电压 $U_{T2} = -\frac{R_{RP1}}{R_2} U_Z$ 时，A_1 的输出电压 u_{o1} 从 $+U_Z$ 翻转到 $-U_Z$，这时积分器 A_2 又正向积分，当其输出 u_{o2} 上升到滞回比较器 A_1 的上门限电压 $U_{T1} = +\frac{R_{RP1}}{R_2} U_Z$ 时，A_1 的输出电压 u_{o1} 又从 $-U_Z$ 翻转到 $+U_Z$，完成一个周期。如此周而复始，可以得到矩形波 u_{o1} 以及三角波 u_{o2}，如图 2-58 b 所示。

滞回比较器的阈值电压

上门限电压 U_{T1}：$U_{T1} = +\frac{R_{RP1}}{R_2} U_Z$，

下门限电压 U_{T2}：$U_{T2} = -\frac{R_{RP1}}{R_2} U_Z$

方波幅值　　　　$u_{o2} = \pm U_Z$

三角波幅值　　　$u_{o1m} = \dfrac{R_1}{R_2} U_Z$

电路振荡频率　　$f_0 = \dfrac{R_2}{4R_1\left(R_4 + \dfrac{R_{RP2}}{2}\right)C_F}$

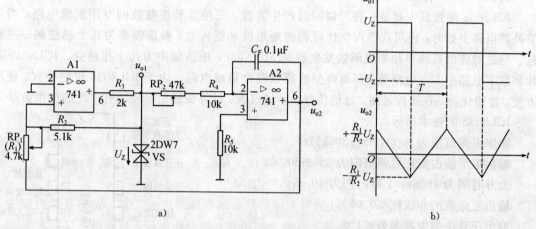

图 2-58　矩形波、三角形波发生器

a) 电路图　b) u_{o1}、u_{o2} 波形图

由上面的公式可看出，调节 RP₁、RP₂ 可以改变振荡频率，改变比值 $\dfrac{R_{RP1}}{R_2}$ 可调节三角波的幅值。本实验用 RP₁ 来调节。注：因为运算放大器的输出电阻严格来讲并不为 0，R_{RP1} 也是积分电路的参数，因而用 RP₁ 来调节 u_{o2} 的尖峰电压时，其频率也在变化，其变化规律和调节 RP₂ 相仿，即 R_{RP1} 增大，频率变小。

4. 锯齿波发生器

图 2-59 a 是锯齿波发生器的电路图。二极管 VD 和电阻 R_6（10kΩ）接入电路，使积分器正、反向积分的时间常数大小不等，就形成脉冲波、锯齿波发生器，输出波形如图 2-59 b 所示，其反向脉冲波宽度可通过 R_6 调节。若将二极管反接，则反向积分时间常数不变，正向积分时间常数变小，锯齿波及矩形脉冲波的方向变反。

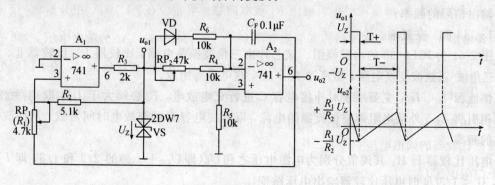

图 2-59　矩形波锯齿波发生器

a) 电路图　b) u_{o1}、u_{o2} 波形图

该电路中，当 $u_{o1} = +U_Z$ 时，二极管 VD 导通，积分时间常数为 $[R_6 // (R_{RP2} + R_4)]C_F$。当 $u_{o1} = -U_Z$ 时，二极管 VD 截止，此时，积分时间常数为 $(R_{RP2} + R_4)C_F$。可见，正、反向积分的时间速率相差很大，$T_- \gg T_+$，于是 u_{o2} 为锯齿波，波形如图 2-59 b 所示。

其频率和幅值的调节方法和三角波发生器相同。

5. 用集成电路芯片 8038 构成的函数发生器

(1) ICL8038 特点

ICL8038 函数发生器是一种可以同时产生方波、三角波和正弦波的专用集成电路，当调节外部电路参数时，还可获得占空比可调的矩形波和锯齿波，振荡频率为几十赫兹到一兆赫兹。与之对应的高频单片集成函数发生器是 MAX038，振荡频率为几十兆赫兹。ICL8038 芯片和数字电路中 555 电路等，都属典型的模数混合集成电路。由于 ICL8038 价格便宜、使用方便、性能优异，在遥控遥测、通信传呼、计量仪表、计算机通信等领域有广泛的应用前景。

ICL8038 的技术指标：

频率可调范围为 0.001Hz～300kHz；

输出矩形波占空比可调范围为 2%～98%；

上升时间为 180ns，下降时间为 40ns；

输出三角波的非线性＜0.05%；

输出正弦波的失真率为＜1%。

图 2-60 所示为 ICL8038 的引脚图

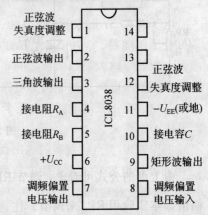

图 2-60 ICL8038 的引脚图

ICL8038 可单电源供电，即 11 脚接地，6 脚接 $+U_{CC}$，U_{CC} 为 10～30V；也可双电源供电，即 11 脚接 $-U_{EE}$，6 脚接 $+U_{CC}$，取值范围为 $\pm(5～15)$V。

2 脚：正弦波输出端；

3 脚：三角波和锯齿波输出端；

9 脚：方波和矩形波输出端，并且 9 脚需要通过外接一只电阻 R 连接正电源 $+U_{CC}$，R 叫做上拉电阻；

1、12 脚：正弦波失真度调节端，通过改变外接电位器可以改善正弦波的失真度；

4、5 脚：接电位器，调整三角波/锯齿波的上升与下降时间；

8、7 脚：调节频率电压输入端和输出端，一般可将此二脚直接相连，并通过外接电位器调节输出信号的频率；

13、14 脚：空置端。

图 2-61 为 ICL8038 的内部框图。该芯片由三角波振荡电路、比较器 Ⅰ、比较器 Ⅱ、触发器、三角波-正弦波变换电路，恒流源 I_{S1}、I_{S2}，缓电路等组成。

恒流源 I_{S1}、I_{S2}：主要用于对外接电容 C 进行充电放电，I_{S2} 必须大于 I_{S1}，取 $I_{S2} = 2I_{S1}$，可利用引脚 4、5 外接电阻调整恒流源的电流，以改变电容 C 的充放电时间常数，从而改变三角波的频率。

电压比较器 Ⅰ、Ⅱ：其阈值分别为电源电压之和 U_S（即 $U_{CC} + U_{EE}$）的 2/3 和 1/3，即 $I > 2/3U_S$，Ⅱ $< 1/3U_S$ 时电压比较器输出电压跳变。

触发器：属数字逻辑电路内容，触发器的输出（0、1）是个状态函数，输出状态随输入状态的变化而变化。

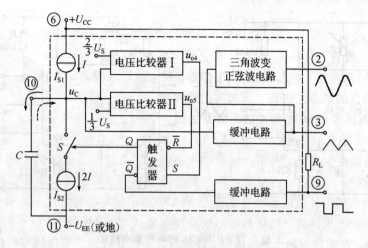

图 2-61　ICL8038 的内部框图

电子开关 S：触发器输出为 0、1 态时，S 则断开、闭合。

电压跟随器、缓冲器：电压跟随器可由运算放大器组成或由晶体管射极输出器组成。缓冲器一般处于放大器与负载之间，目的通过缓冲增强放大器的带载能力。缓冲器一般是电压跟随器或数字电路中的非门等电路。

三角波变正弦波电路：这是个非线性电路，在三角波顶处电路电阻变小，使三角波顶处圆滑成为正弦波。

工作原理：当触发器的输出端为低电平时，它控制开关 S 使电流源 I_{S2} 断开。而电流源 I_{S1} 则向外接电容 C 充电，使电容两端电压随时间线性上升，当 u_C 上升到 $u_C = 2(U_{CC} + U_{EE})/3$ 时，比较器 I 的输出电压发生跳变，使触发器输出端由低电平变为高电平，这时，控制开关 S 使电流源 I_{S2} 接通。由于 $I_{S2} > I_{S1}$，因此外接电容 C 放电，u_C 随时间线性下降。

当 u_C 下降到 $u_C \leqslant (U_{CC} + U_{EE})/3$ 时，比较器 II 输出发生跳变，使触发器输出端又由高电平变为低电平，I_{S2} 再次断开，I_{S1} 再次向 C 充电，u_C 又随时间线性上升。如此周而复始，产生振荡。

外接电容 C 交替地从一个电流源充电后向另一个电流源放电，就会在电容 C 的两端产生三角波并输出到引脚 3。该三角波经电压跟随器缓冲后，一路经正弦波变换器变成正弦波后由引脚 2 输出，另一路通过比较器和触发器，并经过反向器缓冲，由引脚 9 输出方波。

（2）典型应用

图 2-62 为 ICL8038 的两种基本接法，矩形波输出为集电极开路形式，需外接电阻 R_L 连至正电源 $+U_{CC}$。在图 2-62 a 所示电路中，R_A 和 R_B 可分别独立调整。在图 2-62 b 所示电路中，通过改变电位器 R_{RP} 滑动端的位置调整 R_A 和 R_B 的数值。当 $R_A = R_B$ 时，输出为方波、三角波和正弦波；当 $R_A \neq R_B$ 时，输出为占空比可调的矩形波、锯齿波，引脚 2 的输出也不是正弦波了。占空比的表达式为 $q = \dfrac{T_1}{T} = \dfrac{2R_A - R_B}{2R_A}$，故 $R_B < 2R_A$。

在图 2-62 b 所示电路中，电路用 $100\text{k}\Omega$ 的电位器取代了图 2-62a 电路中的 $82\text{k}\Omega$ 电阻，调节电位器可以减小正弦波的失真度。

如果要进一步减小正弦波的失真度，如图 2-63 所示电路中两个电位器 $100\text{k}\Omega$ 和 $10\text{k}\Omega$ 所组成的电路，使失真度减小到 0.5%。其振荡频率由电位器 RP_1 滑动触点的位置、C 的容量、

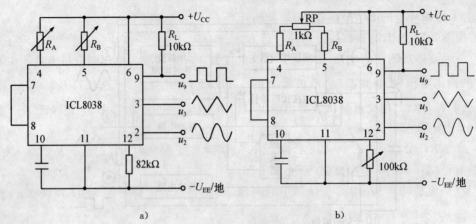

图 2-62 ICL8038 的两种基本接法

a) 电路 1 b) 电路 2

R_A 和 R_B 阻值决定。在 R_A 和 R_B 的不变的情况下，调整 RP₁ 可使电路振荡频率的最大值与最小值之比达到 100：1。也可在引脚 8 与引脚 6 之间直接加输入电压调节振荡频率，最高频率与最低频率之差可达到 1000：1。图中 C_1 为高频旁路电容，用以消除引脚 8 的寄生交流电压，RP₂ 为方波占空比和正弦波失真度调节电位器，当 RP₂ 位于中间时，可输出方波。

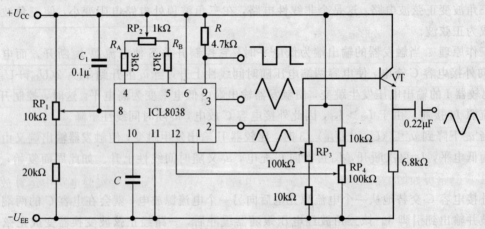

图 2-63 失真度减小和频率可调电路

五、预习要求

1）复习有关 RC 正弦波发生器、矩形波、三角波及锯齿波发生器、ICL8038 函数发生器的工作原理。

2）根据实验电路参数，估算集成运算放大器在各实验图电路的输出信号的频率和幅值。

3）计算正弦波发生器实验电路 $R=10\text{k}\Omega$，$C=0.01\mu\text{F}$ 和 $R=10\text{k}\Omega$，$C=0.02\mu\text{F}$ 的振荡频率。

六、实验内容与步骤

1. RC 正弦波发生器

实验电路板如图 2-52 所示，将直流稳压电源＋12V、－12V 作为实验电路中运算放大器的电源。

（1）无稳幅环节的 RC 振荡器（开关 k 断开）

1）按图 2-57 给出的参数接好电路。选 $R = 10\text{k}\Omega$，$C = 0.01\mu\text{F}$。

2）用示波器观测输出电压 u_o，调节 RP（电位器 $10\text{k}\Omega$）使输出电压幅值最大且不失真，记下此时的输出电压 u_o 的频率（将示波器上的 $\boxed{\text{UTILITY}}$ 的"频率计"选项打开），与计算值对比，记录于表 2-28。用交流毫伏表测出输出电压 U_o、反馈电压 U_-、U_+，记录于表 2-29，并在图 2-64 中记录波形。

3）改变 RC 参数，将 $R = 10\text{k}\Omega$，$C = 0.02\mu\text{F}$，重复 2）的内容，记录于表 2-28、表 2-29。

（2）有稳幅环节的 RC 振荡器（开关 k 闭合）

重复（1）无稳幅环节的 RC 振荡器中的内容，将测试结果记录于表 2-29，并观察 u_o 波形是否稳定。

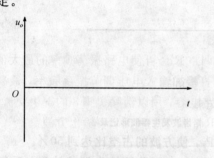

图 2-64　波形记录

表 2-28　数据记录

RC 参数	u_o 频率
$R=10\text{k}\Omega$，$C= 0.01\mu\text{F}$	
$R=10\text{k}\Omega$，$C= 0.02\mu\text{F}$	

表 2-29　数据记录

测试条件	$R=10\text{k}\Omega$, $C= 0.01\mu\text{F}$			$R=10\text{k}\Omega$, $C= 0.02\mu\text{F}$		
测试项目	U_o	U_+	U_-	U_o	U_+	U_-
无稳幅环节						
有稳幅环节						

2. 矩形波、三角波发生器

实验电路板如图 2-51 所示，将直流稳压电源 +12V、−12V 作为实验电路中运算放大器的电源。

1）按矩形波、三角波发生器电路图 2-58，接好电路。

2）用示波器分别观测 u_{o1}、u_{o2}，并在图 2-65 a 中记录波形。

3）减小 RP_1（逆时针调 $4.7\text{k}\Omega$），观测 u_{o1}、u_{o2} 幅值、频率的变化，并在实验报告中记录之。

4）减小 RP_2（逆时针调 $47\text{k}\Omega$），观测 u_{o1}、u_{o2} 幅值、频率的变化，并在实验报告中记录之。

3. 锯齿波发生器

1）按图 2-59 给出的参数接好电路。

2）用示波器分别观测 u_{o1}、u_{o2}，并在图 2-65 b 图记录波形。

3）减小电位器 RP_1（逆时针调 $4.7\text{k}\Omega$），观测 u_{o1}、u_{o2} 的幅值、频率的变化，并在实验报告中记录。

4）减小电位器 RP_2（逆时针调 $47\text{k}\Omega$），观测 u_{o1}、u_{o2} 的幅值、频率的变化，并在实验报告中记录。

4. 用集成电路芯片 ICL8038 构成的函数发生器

ICL8038 函数发生器的实验电路板如图 2-53 所示，按电路图 2-63 接线。取 $C = 0.01\mu\text{F}$。

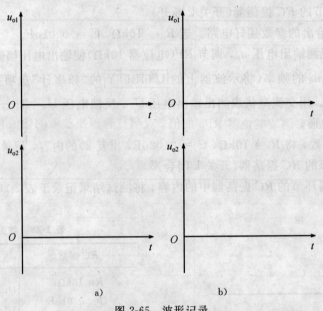

图 2-65   波形记录

a) 矩形波、三角波发生器波形记录   b) 锯齿波发生器波形记录

1) 调整电路使其处于振荡,通过调整电位器 RP_2,使方波的占空比达到 50%。

2) 保持方波占空比为 50% 不变,用示波器观测 8038 正弦波输出端的波形,反复调整 RP_3,RP_4,使正弦波不产生明显的失真。

3) 调节电位器 RP_1,使输出信号从小到大变化,记录引脚 8 的电位及测量输出正弦波的频率,结果记录于表 2-30。

表 2-30   数据记录

调整 RP_1					
U_8/V		C	U_o		
最高	最低		f_{max}	f_{min}	U_{oPP}/V
		$0.01\mu F$			
		$0.1\mu F$			
		$1000pF$			

4) 改变电容 C 的值(取 $C=0.01\mu F$,$0.1\mu F$,$1000pF$),观测三种输出波形的幅值和频率,记录于表 2-31。

表 2-31   数据记录

电容	$C=0.01\mu F$	$C=0.1\mu F$	$C=1000pF$
频率	调 $f=10kHz$	测 $f=$	测 $f=$
波形	2 脚 ———→ t 9 脚 ———→ t 3 脚 ———→ t	2 脚 ———→ t 9 脚 ———→ t 3 脚 ———→ t	2 脚 ———→ t 9 脚 ———→ t 3 脚 ———→ t

（续）

电容	$C=0.01\mu F$		$C=0.1\mu F$		$C=1000pF$	
峰峰值	$U_{2PP}=$	V	$U_{2PP}=$	V	$U_{2PP}=$	V
	$U_{9PP}=$	V	$U_{9PP}=$	V	$U_{9PP}=$	V
	$U_{3PP}=$	V	$U_{3PP}=$	V	$U_{3PP}=$	V

5）取 $C=0.01\mu F$，调节电位器 RP2 的值，观测三种输出波形的幅值和频率，记录于表 2-32。

表 2-32　数据记录

电阻	占空比 50%		占空比减小		占空比增大	
波形	2 脚 $\longrightarrow t$		2 脚 $\longrightarrow t$		2 脚 $\longrightarrow t$	
	9 脚 $\longrightarrow t$		9 脚 $\longrightarrow t$		9 脚 $\longrightarrow t$	
	3 脚 $\longrightarrow t$		3 脚 $\longrightarrow t$		3 脚 $\longrightarrow t$	
峰峰值	$U_{2PP}=$	V	$U_{2PP}=$	V	$U_{2PP}=$	V
	$U_{9PP}=$	V	$U_{9PP}=$	V	$U_{9PP}=$	V
	$U_{3PP}=$	V	$U_{3PP}=$	V	$U_{3PP}=$	V

6）失真度测试仪，测出 C 分别为 $0.01\mu F$，$0.1\mu F$，$1000pF$ 时的正弦波失真系数值。

七、实验报告

1）根据实验分析 RC 振荡器的振幅条件，输出电压 U_o 与反馈电压 U_-、U_+ 三者之间的关系。讨论二极管 VD_1、VD_2 的稳幅作用。

2）整理观测到的波形。记录实验内容 2、3 中的(3)、(4)问。并分别说明矩形波、三角波发生器和锯齿波发生器的信号 u_{o1}、u_{o2} 幅值（峰值）、频率的调节方法。

3）列表整理用集成电路芯片 ICL8038 构成的函数发生器中，电容 C 取不同值时，三种波形的幅值和频率，从中得出结论。电位器 RP_2 取不同值时，三种波形的变化，从中得出结论。

4）回答思考题。

八、思考题

1. 波形产生电路有没有输入端？

2. 为什么在 RC 正弦波振荡电路中要引入负反馈支路？为什么要增加二极管 VD_1 和 VD_2？它们是怎样稳幅的？

3. RC 正弦波振荡电路中，若输出波形产生饱和失真，应增加还是减小负反馈中电位器 RP 的阻值？当振荡停止时，怎样处理？

4. 怎样测量非正弦波电压的幅值？

5. 怎样改变图 2-58 电路中矩形波及三角波的频率及幅值？

6. 分析 ICL8038 中失真度减小和频率可调电路图 2-63 中各可调电位器的作用？

7. 分析 ICL8038 中失真度减小和频率可调电路图 2-63 中晶体管 VT 的作用？

8. ICL8038 的输出频率与哪些参数有关，如何减小波形失真，如何测试 ICL8038 应用电路的静态工作点？

<h1 style="text-align:center">第九节　有源滤波器</h1>

一、实验目的

1）熟悉用运算放大器、电阻和电容组成有源低通滤波、高通滤波和带通、带阻滤波器。

2）学会测量有源滤波器的幅频特性。

二、实验设备及仪器

1）SAC－TZ101－3 模拟电子实验台。

2）DF1641A 函数信号发生器。

3）DS5022M 示波器。

4）DF1930A 交流毫伏表。

5）直流稳压电源（电子实验台配备）。

三、实验电路图

图 2-66 为有源滤波器实验电路板。

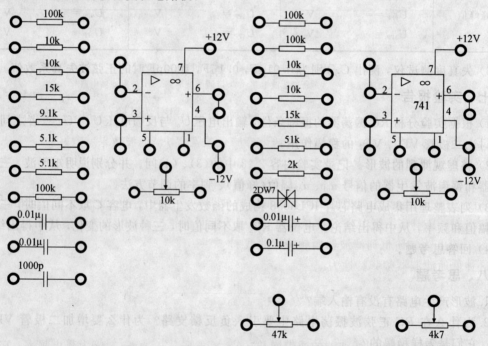

图 2-66　有源滤波器实验电路板

四、实验原理

由运放和 *RC* 网络可以构成有源滤波器，与无源的 LC 滤波器相比较，它具有体积小，效率高，频率特性好等优点。

滤波器的功能是让一定频率范围内的信号通过，抑制或急剧衰减此频率范围以外的信号。可用在信息处理、数据传输、抑制干扰等方面。但因受运算放大器的频带限制，这类滤波器主要用于低频范围。根据对频率范围的选择不同，可分为低通（LPF）、高通（HPF）、带通（BPF）与带阻（BEF）四种滤波电路，它们的幅频特性如图 2-67 所示。具有理想幅频特性的滤波器是很难实现的，只能用实际的幅频特性去逼近理想的。

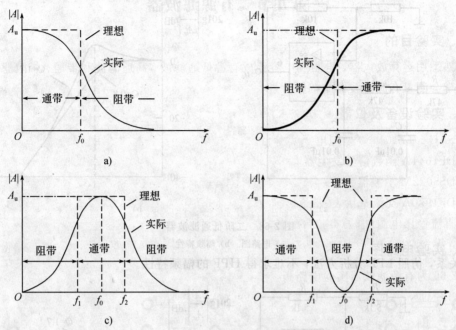

图 2-67 四种滤波电路的幅频特性示意图

a）低通滤波电路 b）高通滤波电路 c）带通滤波电路 d）带阻滤波电路

若按滤波器的传递函数 $A(j\omega)=\dfrac{U_o(j\omega)}{U_i(j\omega)}$ 的分母阶数，可分为低阶（一阶、二阶）和高阶（三阶及以上）两种，阶数愈高，其幅频特性通带外的衰减就愈快，滤波效果就愈好。

1. 二阶低通滤波器（LPF）

低通滤波器是用来通过低频信号衰减或抑制高频信号。

如图 2-68 a 所示，为典型的二阶有源低通滤波器。它由两级 RC 滤波环节与同相比例运算电路组成，其中第一级电容 C 接至输出端，引入适量的正反馈，以改善幅频特性。

图 2-68 b 为二阶低通滤波器幅频特性曲线。

这种低通滤波器幅频特性为

$$A(j\omega)=\frac{A_u}{1-(\frac{\omega}{\omega_0})^2+j\frac{\omega}{Q\omega_0}}$$

式中，A_u 为二阶低通滤波器的通带增益，$A_u=1+\dfrac{R_F}{R_1}$。$\omega_0=\dfrac{1}{RC}$，f_0 为截止频率，它是二阶低通滤波器通带与阻带的界限频率，$f_0=\dfrac{1}{2\pi RC}$。

Q 为品质因数，它的大小影响低通滤波器在截止频率处幅频特性的形状，$Q=\dfrac{1}{3-A_u}$。

2. 高通二阶滤波器（HPF）

与低通滤波器相反，高通滤波器用来通过高频信号，衰减或抑制低频信号。

只要将图 2-68 中低通滤波电路中起滤波作用的电阻、电容互换，即可变成二阶有源高通滤波器，如图 2-69 a 所示。高通滤波器性能与低通滤波器相反，其频率响应和低通滤波器是

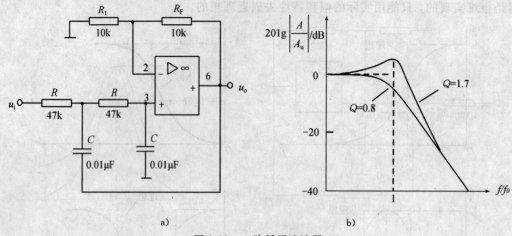

图 2-68　二阶低通滤波器

a) 电路图　b) 幅频特性

"镜象"关系，仿照 LPF 分析方法，不难求得 HPF 的幅频特性。

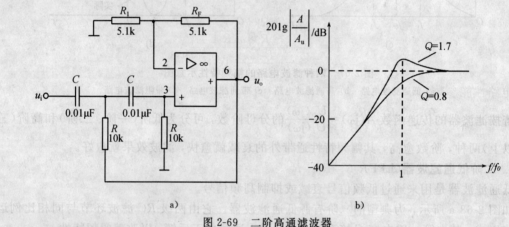

图 2-69　二阶高通滤波器

a) 电路图　b) 幅频特性

这种高通滤波器幅频特性为

$$A = \frac{-(\frac{\omega}{\omega_0})^2 A_u}{1 - (\frac{\omega}{\omega_0})^2 + j\frac{\omega}{Q\omega_0}}$$

电路性能参数 A_u、f_0、Q 各量的意义同二阶低通滤波器。

图 2-69 b 为二阶高通滤波器的幅频特性曲线，可见，它与二阶低通滤波器的幅频特性曲线有"镜像"关系。

3. 带通滤波器（BPF）

典型的带通滤波器可以从二阶低通滤波器中将其中一级改成高通而成，如图 2-70 a 所示。图 2-70 b 为二阶带通滤波器的幅频特性曲线。

这种带通滤波器幅频特性为

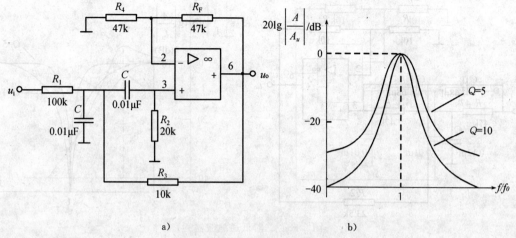

图 2-70 二阶带通滤波器

a) 电路图   b) 幅频特性

$$A = \frac{j\left(1 + \dfrac{R_F}{R_4}\right)\dfrac{1}{\omega_0 R_1 C}\dfrac{\omega}{\omega_0}}{1 + j\dfrac{B}{\omega_0}\dfrac{\omega}{\omega_0} - (\dfrac{\omega}{\omega_0})^2}$$

电路性能参数

通带增益 $\quad A_u = \dfrac{R_4 + R_F}{R_4 R_1 CB}$

中心频率 $\quad f_O = \dfrac{1}{2\pi}\sqrt{\dfrac{1}{R_2 C^2}(\dfrac{1}{R_1} + \dfrac{1}{R_3})}$

通带宽度 $\quad B = \dfrac{1}{C}(\dfrac{1}{R_1} + \dfrac{2}{R_2} - \dfrac{R_F}{R_3 R_4})$

选择性 $\quad Q = \dfrac{\omega_0}{B}$

此电路的优点是改变 R_F 和 R_4 的比例就可改变频宽而不影响中心频率。

4. 带阻滤波器（BEF）

如图 2-71 a 所示，这种电路的性能和带通滤波器相反，即在规定的频带内，信号不能通过（或受到很大衰减或抑制），而在其余频率范围，信号则能顺利通过。

在双 T 网络后加一级同相比例运算电路就构成了基本的二阶有源 BEF。

这种带阻滤波器幅频特性为

$$A = \frac{\left[1 - (\dfrac{\omega}{\omega_0})^2\right]A_u}{1 + j2(2 - A_u)\dfrac{\omega}{\omega_0} - (\dfrac{\omega}{\omega_0})^2}$$

电路性能参数

通带增益 $\quad A_u = 1 + \dfrac{R_F}{R_1}$

中心频率 $\quad f_0 = \dfrac{1}{2\pi RC}$

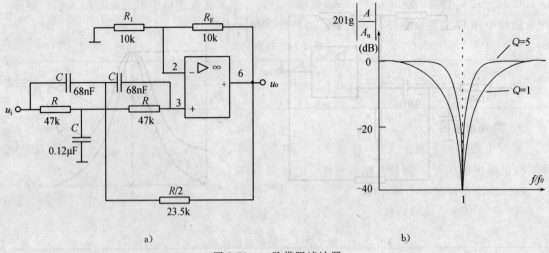

图 2-71 二阶带阻滤波器

a) 电路图　b) 幅频特性

带阻宽度　　　$B=2(2-A_u)f_0$

选择性　　　　$Q=\dfrac{1}{2(2-A_u)}$

由上式可见，A_u 越接近 2，$|A|$ 越大，阻断范围越窄的。图 2-71 b 为二阶带阻滤波器的幅频特性曲线。

五、预习要求

1）复习教材有关有源低通滤波、高通滤波和带通、带阻滤波器的相关内容，理解其工作原理。

2）根据二阶低通、高通滤波器实验电路的参数，计算 f_0、A_u 及 Q 的理论值；根据二阶带通、带阻滤波器实验电路的参数，计算 f_0 的理论值。

六、实验内容与步骤

1. 二阶低通滤波器

实验电路如图 2-68 a 所示。

1）粗测：接通 ±12V 电源。u_i 接函数信号发生器，令其输出为有效值 $U_i=1V$ 的正弦波信号，在滤波器截止频率附近改变输入信号频率，用示波器或交流毫伏表观察输出电压幅度的变化是否具备低通特性，如不具备，应排除电路故障。

2）在输出波形不失真的条件下，选取适当幅度的正弦输入信号，在维持输入信号幅度不变的情况下，逐点改变输入信号频率。测量输出电压 U_o，记入表 2-33 中，描绘幅频特性曲线。

表 2-33　数据记录

f/Hz	10	100	200	300	400	600	800	1000	···
U_o/V									

2. 二阶高通滤波器

实验电路如图 2-69 a 所示。

接通±12V 电源。输入 $U_i=1V$ 正弦波信号，在滤波器截止频率附近改变输入信号频率，测量输出电压 U_o，观察电路是否具备高通特性。记入表 2-34。

表 2-34 数据记录

f/Hz	40	20	10	5	4	3	2	1	...
U_o/V									

3. 带通滤波器

实验电路如图 2-70 a 所示，接通±12V 电源，输入 $U_i=1V$ 正弦波信号，改变输入信号频率，测量输出电压 U_o，测量其幅频特性，记入表 2-35。

（1）实测电路的中心频率 f_0。

（2）绘制电路的幅频特性。

表 2-35 数据记录

f/Hz	...	600	700	800	900	1000	2000	3000	...
U_o/V									

4. 带阻滤波器

实验电路如图 2-71 a 所示。

接通±12V 电源，输入 $U_i=1V$ 正弦波信号，改变输入信号频率，测量输出电压 U_o，测量其频率特性，记入表 2-36。

（1）实测电路的中心频率 f_0。

（2）以实测中心频率为中心，绘制电路的幅频特性。

表 2-36 数据记录

f/Hz	...	20	30	40	50	60	70	80	...
U_o/V									

七、实验报告

1）根据实验数据，画出各滤波电路的幅频特性曲线，确定 f_0、A_u 值，并与理论值比较。

2）简要说明测试结果与理论值有一定差异的主要原因。

3）总结有源滤波电路的特性。

八、思考题

1. 将图 2-68 a 所示的二阶低通滤波器的 R、C 位置互换，组成如图 2-69 a 所示的二阶高通滤波器，且 R、C 值不变，试问高通滤波器的截止频率 f_0 等于低通滤波器的截止频率 f_0 吗？

2. 高通滤波器中的幅频特性，为什么在频率很高时，其电压增益会随频率升高而下降呢？

附：低通滤波器（LPF）设计实例

若图 2-68 a 中电路设计得使 $Q=0.707$，即 $A_u=3-\sqrt{2}$，那么该滤波电路的幅频特性在通带内有最大平坦度，称为巴特沃兹（Botterworth）滤波器。

要求设计一个 LPF，其截止频率为 500Hz，Q 值为 0.707，$f \gg f_0$ 处的衰减速率不低于

30dB/10 倍频。

首先，因为要求 $f \gg f_0$ 处的衰减速率不低于 30dB/10 倍频。确定滤波器的阶数为 2。然后根据 f_0 的值选择电容 C 的值。一般来讲，滤波器中电容的容量要小于 $1\mu F$，电阻的值至少要求千欧级。假设取 $C = 0.1\mu F$，则根据 $f_0 = \dfrac{1}{2\pi RC}$

即
$$f_0 = \frac{1}{2\pi R \times 0.1 \times 10^{-6}} = 500\,\text{Hz}$$

可求得 $R = 3185\Omega$。

最后再根据 Q 值求 R_1 和 R_F，因为 $Q = 0.707$，即 $\dfrac{1}{3 - A_0} = 0.707$，$A_0 = 1.586$，又因为集成运放要求两个输入端的外接电阻对称，可得

$$1 + \frac{R_F}{R_1} = 1.586$$

$$R_F /\!/ R_1 = R + R = 2R$$

可得：$R_1 = 17.06\text{k}\Omega$，$R_F = 10\text{k}\Omega$。

第十节　交流电源过电压、欠电压报警电路（研究性实验）

一、实验目的

1）学习使用运算放大器构成比较器。
2）学习元件的选择及用万用表检测电子器件。
3）学会电路调试技术。

二、实验设备及仪表

1）SAC－TZ101－3 模拟电子实验台。
2）MF500 万用表。

三、实验电路图

图 2-72 为交流电源过电压、欠电压保护电路原理线路。

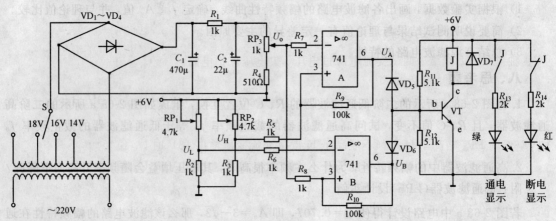

图 2-72　交流电源过电压、欠电压保护电路原理线路

四、实验原理

1. 实验说明

某些用电设备对输入电压有一定的要求，电网工作正常时，用电设备接通电源，电网电压波动超过±10％时，自动切断电源，停止工作。

2. 实验要求

1）要求利用实验台和所学过的模拟电子技术的知识，设计该装置。

2）输入 220V 交流电压。

3）使用运算放大器构成比较器。

4）电源工作正常，绿色发光二极管亮，电源过电压、欠电压，红色发光二极管亮。

实验的原理框图如图 2-73 所示。20V 交流电压经整流滤波后加入比较器电路，电网电压在正常范围时，执行电路将常开触点 J 闭合，用电设备通电；当电网电压波动超过正负 10％时，触点 J 断开。切断电源，用电设备停止工作。

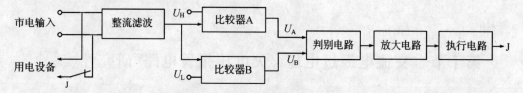

图 2-73 交流电源过电压、欠电压保护电路实验原理框图

利用实验装置的交流变压输出的 14V、16V、18V 端点模拟电网电压的变化。用 16V 模拟电网电压工作在正常范围，用 14V 和 18V 模拟电网电压波动超出正负 10％状态。

参考电路如图 2-72 所示。图中 U_0 点电位与输入的电网电压有关，其整流滤波后的 U_0 与两个直流参考电压 U_H（高）及 U_L（低）在两个比较器 A、B 中进行比较，比较器输出电压 U_A、U_B 经二极管 VD_5、VD_6 组成的与门判别电路给晶体管放大电路，驱动执行电路工作，（图中右侧驱动电路部分模拟供电情况）。

五、预习要求

预习有关实验内容：整流滤波电路、运算放大器构成比较器、晶体管构成的单级放大电路、继电器的相关原理。

六、实验内容与步骤

独立设计、组装、调试交流电源过电压、欠电压保护电路。

1）首先将 741 运放调零。

2）将整流滤波电路的 K 点接交流变压输出 16V，调 RP_3 使 U_0 为 4V 左右，代表正常电压范围。

3）调 RP_2 略高于 U_0 值（不能高于 K 点接交流变压输出 18V 时 U_0 值）。

4）调 RP_1 略低于 U_0 值（不能低于 K 点接交流变压输出 14V 时 U_0 值）。

5）测试 U_A、U_B 为高电平输出。

6）K 在 14V 时 U_B 为低电位、U_A 不变。

7）K 在 18V 时 U_A 为低电位、U_B 不变。

8）观察模拟供电情况，K 点接交流变压输出 16V 时，绿灯亮，K 点接交流变压输出 14V

或 18V 时，红灯亮。

七、实验报告

写出实验的心得、体会。

第三章　数字电子技术实验

　　数字电子技术实验是数字电子技术课程必不可少的教学环节。通过实验教学环节，使学生能够掌握基本数字电子电路设计、调试和测量等实验技能，为以后的深入学习和应用电子技术知识打好基础。

　　数字电子技术实验为硬件电路实验，EDA 实验部分参见本书第五章。有兴趣的同学可根据硬件电路部分实验内容，在课外完成设计报告，利用仿真软件对所设计的电路进行模拟调试，初步确定设计的正确性后，再进入实验室完成实际电路的调试、测量任务。

第一节　基本逻辑门的逻辑功能测试及应用

一、实验目的

1）熟悉数字电路实验箱的主要功能及其使用方法。
2）验证基本逻辑门的逻辑功能。
3）学习基本门电路的实际应用。

二、实验原理

（一）基本和常用逻辑门

　　门电路是构成数字电路的基本单元。所谓"门"就是一种条件开关，在一定的条件下，它能允许信号通过，条件不满足时，信号无法通过。门电路常用在系统设计中形成控制信号。

　　在数字逻辑中，基本的逻辑运算为与、或、非，实现与运算的电路叫与门，实现或运算的叫或门，实现非运算的叫非门，也叫做反相器。由基本的逻辑运算还可以组合成与非运算、或非运算、与或非运算、异或运算，等等，分别构成与非门、或非门、与或非门和异或门等复合门电路。实际应用时，它们可以独立使用，也可以通过连接实现各种要求的逻辑功能。以下列出基本和常用逻辑运算式及对应的逻辑门电路符号。

1. 与运算：$F = AB$

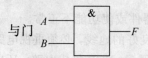

2. 或运算：$F = A + B$

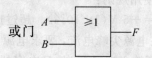

3. 非运算：$F = \overline{A}$

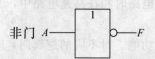

4. 与非运算：$F = \overline{AB}$

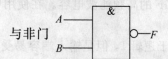

5. 或非运算：$F = \overline{A + B}$

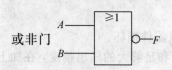

6. 与或非运算：$F = \overline{AB + CD}$

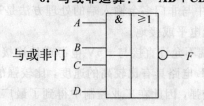

7. 异或运算：$F = A \oplus B$

异或门 $\begin{array}{c} A \\ B \end{array}$ |=1| $\rightarrow F$

（二）TTL 门电路和 CMOS 门电路

逻辑门电路可以是由分立元件构成。把构成门电路的元器件和连线都制作在一块半导体芯片上，再封装起来，便构成了集成门电路。目前广泛使用的集成门电路有 TTL 门电路和 CMOS 门电路。

1. TTL 门电路

TTL 门电路在数字集成电路中应用最为广泛，由于其输入端和输出端的结构形式都采用了半导体三极管，所以一般称它为晶体管—晶体管逻辑电路，或称为 TTL 电路。这种电路的电源电压为＋5V，高电平典型值为 3.6V（≥2.4V 合格）；低电平典型值为 0.3V（≤0.45V 合格）。对于各种集成电路，一定要在推荐的工作条件范围内使用，否则将导致器件性能下降或损坏。

（1）TTL 集成电路型号命名规则

例：SN　74　LS　74　J

　　①　②　③　④　⑤

说明：①表示德克萨斯公司标准电路。

②表示工作温度范围。

　　54 系列：（−55～＋125）℃；74 系列：（0～＋70）℃

③表示系列

＜空白＞：标准系列；H：高速系列；L：低功耗系列；LS：低功耗肖特基系列；S：肖特基系列；ALS：先进的低功耗肖特基系列；AS：先进的肖特基系列；

④表示逻辑功能代号

⑤表示封装形式

J：陶瓷双列直插；N：塑料双列直插；T：金属扁平；W：陶瓷扁平；

（2）TTL 电路的使用规则：

1）电源电压 V_{cc}＝＋5 V（1±10％）。超过这个范围将损坏器件或使功能不正常。

2）TTL 电路存在电源尖峰电流，要求电源具有小的内阻和良好的地线，必须重视电路的滤波。要求除了在电源输入端接有 $50\mu F$ 电容的低频滤波外，每隔 5～10 个集成电路，还应接入一个 $0.01～0.1~\mu F$ 的高频滤波电容。在使用中规模以上集成电路时和在高速电路中，还应适当增加高频滤波。

3）悬空，相当于逻辑 1，但是输入端容易受干扰，破坏电路功能。对不同的逻辑门，其多余输入端处理方法不同，原则是按逻辑代数推理，不影响电路的逻辑功能即可。

图 3-1 a 中与非门多余输入端的处理方法是通过电阻接高电平使用。图 3-1b 的或非门多余输入端接低电平或接地。

4）输出端不允许直接与＋5V 电源或地连接，否则会导致器件损坏。

由于 TTL 电路具有比较高的速度，比较强的抗干扰能力和足够大的输出幅度，在加上带负载能力比较强，因此在工业控制中得到了最广泛的应用，但由于 TTL 电路的功耗较大，目前还不适合作大规模集成电路。

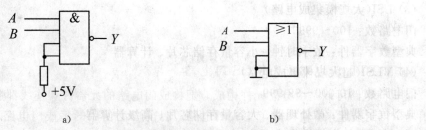

图 3-1　多余输入端的处理

a）通过电阻接高电平　b）接低电平或接地

2. CMOS 门电路

CMOS 门电路是由 NMOS 和 PMOS 管组成，由于 CMOS 集成电路具有功耗低、工作电流电压范围宽、抗干扰能力强、输入阻抗高、扇出系数大、集成度高，成本低等一系列优点，其应用领域十分广泛，尤其在大规模集成电路中更显示出它的优越性，是目前得到广泛应用的器件。

由于 CMOS 电路输入阻抗很高，容易接受静电感应而造成极间击穿，形成永久性的损坏，因此，在工艺上除了在电路输入端加保护电路外，使用时还应注意以下几点：

1）器件应在导电容器内存放，器件引线可用金属导线、导电泡沫等将其一并短路。

2）V_{DD} 接电源正极，V_{SS} 接电源负极（通常接地），不允许反接。同样在装接电路，拔插集成电路时，必须切断电源，严禁带电操作。

3）多余输入端不允许悬空，应按逻辑要求处理接电源或地，否则将会使电路的逻辑混乱并损坏器件。

4）器件的输入信号不允许超出电源电压范围，或者说输入端的电流不得超过 10mA。

5）CMOS 电路的电源电压应先接通再接入信号，否则会破坏输入端的结构，工作结束时，应先切断输入信号再切断电源。

6）输出端所接电容负载不能大于 500pF，否则输出极功耗过大而损坏电路。

7）CMOS 电路输出不能以线与方式进行连接。

3. TTL 门电路和 CMOS 门电路相互连接

在数字系统中，经常会遇到 TTL 电路和 CMOS 电路相互连接的问题，TTL 和 CMOS 电路的电压和电流参数各不相同，TTL 电路和 CMOS 电路之间一般不能直接连接，而需利用接口电路进行电平转换或电流变换才可进行连接。

一个 74HC/74HCT 系列 CMOS 也可直接驱动多个 TTL，称与 TTL 兼容。用 TTL 电路驱动 HCT 系列和 ACT 系列的 CMOS 门电路时，因两类电路性能兼容，故可以直接相接，也不需外加元件或器件。

（三）根据电路的复杂程度对集成电路进行分类

（1）SSI（小规模集成电路）

门电路数：小于 12

典型数字器件：逻辑门和触发器

（2）MSI（中规模集成电路）

门电路数：12～99

典型数字器件：加法器、计数器、译码器、编码器、数据选择器和多路分配器、寄存器

（3）LSI（大规模集成电路）

门电路数：100～9999

典型数字器件：数字时钟、小容量存储芯片、计算器

（4）VLSI（超大规模集成电路）

门电路数：10 000～99 999

典型数字器件：微处理器、大容量存储芯片、高级计算器

（5）ULSI（特大规模集成电路）

门电路数：大于 100 000

典型数字器件：高级微处理器

（四）封装

一般讲，所有电子元器件都有封装或都需要封装（Package）。它的主要功能是解决集成电路与外部连接的问题。数字集成电路常见的封装有单列直插式封装（SIP）、双列直插式封装（DIP）、针脚阵列（PGA）等，其主要在低档产品、少部分中档产品上使用。到 20 世纪 80 年代，由日本开发出的表面贴装技术（SMT）风靡一时，成为装配工艺的主流，至今仍盛行不衰。代表性的有小外形封装（SOP）、无引线芯片载体（LCC）、塑料有引线芯片载体（PLCC）、甚小外形封装（SSOP）、薄型小外形封装（TSOP）、四边引线扁平封装（QFP）、薄型四边引线扁平封装（TQFP）、球栅阵列（BGA）、柱形阵栅（CGA）、芯片规模（尺寸）封装（CSP）等，其主要供高、中档产品用。

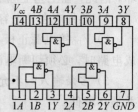

本数字电路实验中所用到的集成芯片都是双列直插式的。图 3-2 为一个四 2 输入与非门 74LS00，内有四个 2 输入的与非门，输入 A、B，输出 Y，电源＋5V 从外部接入 V_{cc} 端，电源的地接入 GND 端。其引脚排列规则如图 3-2 所示。识别方法是正对集成电路型号（如 74LS00）或看标记（左边的缺口或小圆点标记），从左下脚开始按逆时针方向以 1、2、3…依次排列到最后一脚（在左上脚）。在标准型 TTL 集成电路中，电源端 V_{cc} 一般排在左上端。接地端 GND 一般排在右下端。如 74LS00 为 14 脚芯片，14 脚为 V_{cc}，7 脚为 GND。1A、1B 为第一个门的输入端，1Y 为该门的输出端；2A、2B 为第二个门的输入端，2Y 为其输出端，依此类推。若集成芯片引脚上的功能标号为 NC，则表示该引脚为空脚，与内部电路不连接。

图 3-2　与非门 74LS00

为了正确接线，应先查阅相关手册，熟悉引脚编号，接线时注意对号入座。

（五）门电路常用器件型号

TTL 系列：四 2 输入与门 74LS08、四 2 输入或门 74LS32、六反相器 74LS04、四 2 输入与非门 74LS00、双 4 输入与非门 74LS20、四 2 输入或非门 74LS32、四 2 输入异或门 74LS86 等。

三、实验仪器与器材

1）THD-1 型数字电路实验箱。

2）74LS00　四—2 输入与非门。

3）74LS86　四—2 输入异或门。

四、THD－1 型数字电路实验箱的使用

THD－1 型数字电路实验箱功能布局如图 3-3 所示。

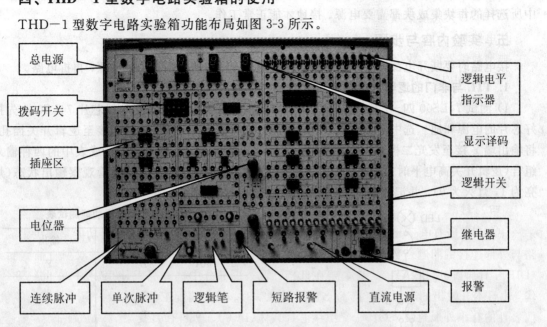

图 3-3　THD－1 型数字电路实验箱功能布局

1. 逻辑开关的使用

15 个逻辑开关位于实验箱的右下方，它们可以上下扳动，设置需要的输入值。置于上方为 1，下方为 0。各逻辑开关插孔可分别与对应芯片输入端相接，设置需要的变量值。

2. 逻辑电平显示器的使用

15 个逻辑电平显示器用于指示输出电平的高低。它们位于实验箱的右上方，是一排红色的发光二极管（简称 LED）。将选中的逻辑电平显示器与对应芯片输出端相接，可观察输出现象。LED 灭对应为低电平 0；LED 亮对应为高电平 1。

3. 频率连续可调脉冲信号的使用

实验箱还提供了一个频率连续可调的脉冲信号源，位于实验箱的左下方，调节波段开关和电位器可使其频率在 0.5Hz～20kHz 连续调节。

4. 插座的使用

实验箱中部为插座区，提供了 2 个 8 脚 DIP 插座，4 个 14 脚 DIP 插座，5 个 16 脚 DIP 插座，1 个 18 脚 DIP 插座，1 个 20 脚 DIP 插座，1 个 24 脚 DIP 插座，1 个 28 脚 DIP 插座，1 个 40 脚 DIP 插座。更换芯片时小心插拔，管脚平行插入与拿起，切勿折损管脚。注意芯片管脚缺口朝左，逆时针数管脚，对好插孔，

5. 自锁紧插头、插孔的使用

实验箱连接线采用自锁紧插头，接线时将自锁紧插头轻轻插入所选插孔，而后顺时针方向旋转至锁紧。做完实验拆线时，先按相反方向旋转自锁紧插头后，再拔出连接线。手要捏住导线的底部插头，以防导线断开。

6. 电源的使用

实验箱供电电源为 AC220V，通过变换输出＋5V、－5V、＋12V、－12V 四路直流电压。

本数字实验所用芯片为 TTL 电路,如前所述,应采用＋5V 电源。注意极性不要接错！系统中所选择的每块集成块都需要电源、接地才能正常工作。

五、实验内容与步骤

接电路时要断开电源,接好电路确认无误通电；做完实验后,关掉电源,再拆电路。

1. TTL 与非门的逻辑功能及应用

1) 测试 74LS00 四—2 输入与非门的逻辑功能。在实验箱上找到与门芯片 74LS00,先接好芯片的电源和地。选中 74LS00 一个与非门,将其输入端 A 和 B 分别接至逻辑开关插孔,将输出端 Y 接至发光二极管,如图 3-4 所示。打开电源开关,拨动开关形成表中的四种输入组合(逻辑开关高电平时为 1,逻辑开关低电平时为 0),并通过发光二极管观察输出状态(灯亮为 1,灯灭为 0),并记入表 3-1 对应输出栏中。

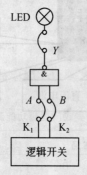

图 3-4 与非门测试图

表 3-1 与非门逻辑功能测试表

输入		输出
A	B	Y
0	0	
0	1	
1	0	
1	1	

2) 用 74LS00 实现或逻辑,写出逻辑函数式,画出标明引脚的逻辑电路图,测试其逻辑功能,将观测结果填入表 3-2 中。提示：将与非门输入端 A 和 B 短接,构成非门。

3) 用 74LS00 实现表 3-3 所示的逻辑函数。写出函数式,画出标明引脚的逻辑电路图,并验证之。

表 3-2 或逻辑功能测试表

输入		输出
A	B	Y
0	0	
0	1	
1	0	
1	1	

表 3-3 三人多数表决器真值表

输入			输出	输入			输出
A	B	C	Y	A	B	C	Y
0	0	0	0	1	0	0	0
0	0	1	0	1	0	1	1
0	1	0	0	1	1	0	1
0	1	1	1	1	1	1	1

4) 观察与非门对脉冲的控制作用。在门电路的应用中,常用到封锁的概念。如把 2 输入与非门的任一输入端接地,则该与非门被封锁；如果把 2 输入或非门的任一输入端接高电平,则该或非门被封锁。

用 74LS00 与非门按图 3-5a、b 接线,将一个输入端接连续脉冲源(频率为 1Hz),用发光二极管观察两种电路的输出现象。

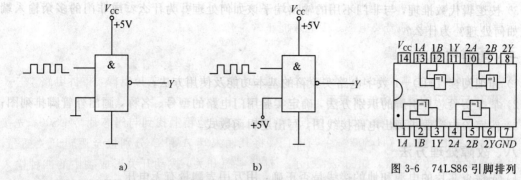

图 3-5 与非门对脉冲的控制作用

a) 接地 b) 接高电平

图 3-6 74LS86 引脚排列

2. TTL 异或门的逻辑功能及应用

(1) 测试 74LS86 四一2 输入异或门的逻辑功能

74LS86 引脚排列如图 3-6 所示。

接线如图 3-7 所示，用逻辑开关改变输入变量 A、B 的状态，通过 LED 观测输出端 Y 的状态，将观测结果填入表 3-4 中。

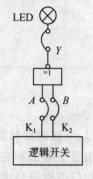

图 3-7 异或门测试图

表 3-4 异或门逻辑功能测试表

输入		输出
A	B	Y
0	0	
0	1	
1	0	
1	1	

(2) 异或门可控反相器

图 3-8 为 74LS86 的一个 2 输入异或门；当 A 端接逻辑开关，B 端接固定高电平，输出接 LED 时，则输出为 $\overline{A}$，此时的异或门称为可控反相器。将观测结果填入表 3-5 中。

表 3-5 可控反相器逻辑功能测试表

输入		输出
A	B	Y
0	1	
1	1	

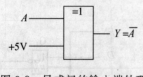

图 3-8 异或门的输入端处理

六、实验报告要求

1) 将实验结果填入各相应表中，总结各门电路的逻辑功能。

2) 试说明能否将与非门、或非门、异或门当做反相器使用？如果可以，各输入端应如何连接？

3）按逻辑代数推理，与非门不用的输出端子该如何处理？为什么？或非门的多余输入端子该如何处理？为什么？

七、实验预习要求

1）详细阅读 THD－1 数字电路实验箱的基本功能及使用方法；

2）掌握实验芯片引脚的识别方法，确定实验用门电路的型号、名称，画出外管脚排列图；

3）按实验内容要求画出电路接线图，写出逻辑函数式。

八、故障处理方法

1）先检查芯片的电源和地的接线是否正确，用万用表测量有无电压。

2）芯片和导线是否牢固插入插座或插孔中；

3）检查电路的连线是否正确，每一根导线是否导通；

4）通电，用一根导线一端接一个 LED，另一端从输出到输入逐级逻辑检查，查找故障原因。如芯片出现故障，可申请调换。安装时注意对号入座。

第二节 三 态 门

一、实验目的

1）验证三态门的逻辑功能。

2）了解三态门的实际应用。

3）学习数字逻辑实验箱中逻辑笔的使用。

二、实验原理

一般门输出无非是两种状态，1 或者 0。三态门输出除了有 1、0 这两种状态以外，还有第三种状态——高阻抗状态。高阻抗状态时的输出阻抗非常大，相当于输出和它连接的电路处于断开的状态。三态与非门的逻辑符号如图 3-9 所示。在原与非门逻辑符号中增加了一个三角形，表示是输出具有三态结构的与非门。三态门除逻辑输入端外，都有一个使能端 EN，来控制输出电路的通断。使能信号可以高电平有效，如图 3-9a 所示；也可以低电平有效，如图 3-9b 所示。当使能信号有效，输出实现与非门逻辑功能；当使能信号无效，输出高阻。低电平有效因其动作可靠，故常用。

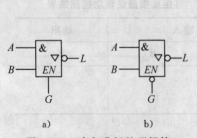

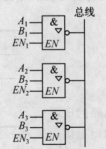

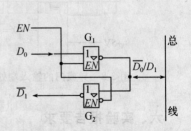

图 3-9 三态与非门的逻辑符
a）高电平有效 b）低电平有效　　　图 3-10 单向总线结构　　图 3-11 数据的双向传输

三态门常用于计算机中对总线的控制。因为单向总线只允许同时只有一个使用者。通常在数据总线上接有多个器件，每个器件通过其使能信号选通，如图 3-10 所示。没有得到使能信号的器件处于高阻态，相当于从总线断开，避免了总线冲突。即可以把各个门的输出信号轮流送到公共的传输线——总线上而互不干扰。利用三态输出门电路还能实现数据的双向传输。如图 3-11 所示。

三、实验仪器与器材

1) THD－1 型数字电路实验箱。

2) 74LS125 三态输出的四总线缓冲门。

3) 74LS00 四－2 输入与非门。

四、逻辑笔的使用

LED 逻辑电平显示器只能显示 1、0 这两种状态，三态输出显示器采用位于实验箱下方的逻辑笔。使用逻辑笔前，将电源和地接入该区，再将三态输出接入逻辑笔输入。绿色 LED 亮对应为低电平 0；红色 LED 亮对应为高电平 1；黄色 LED 亮对应为高阻态。

市场上有一种逻辑笔，如图 3-12 所示。它可测量 0～200MHz 脉冲信号，还能分辨出被测信号的高阻抗状态（悬空状态）。LED 指示灯发出红色表示被测信号是高电平，蓝色表示是低电平，而绿色则表示被测点处于高阻抗状态。在高电平时蜂鸣器发出中音，低电平时蜂鸣器发出低音，而高阻抗状态时蜂鸣器是静默的。

图 3-12 逻辑笔产品外形

五、实验内容与步骤

1. 测试 74LS125 三态输出门的逻辑功能

图 3-13 为三态输出的四总线缓冲门 74LS125 引脚排列，使用前先接好芯片的电源和地。选择其中一个三态门，输入端和使能控制端各接一只逻辑开关，输出端接逻辑笔指示器（注意逻辑笔区接入电源方可工作）。测试其逻辑功能，记入表 3-6 中。高阻用文字标出。

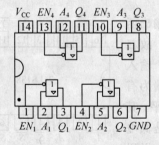

图 3-13 74LS125 引脚排列

表 3-6 三态门逻辑功能测试表

使能	输入	输出
0	0	
0	1	
1	0	
1	1	

2. 三态门组成多路信号控制电路的应用

按图 3-14 将 2 个三态缓冲器输出短接后接入一个逻辑电平指示器 L。选择一个与非门输入端 A 和 B 短接，构成非门（注意芯片接入电源方可工作）。将其输入和输出分别作为两个三态缓冲器的使能信号。输入 G 接逻辑开关。然后，三态缓冲器 F_1 输入端 A 输入 1Hz 连续脉冲信号，F_2 输入端 B 接逻辑开关。接通电源，控制 G 端电平，观察总线的逻辑状态。记入表 3-7 中。输出连续脉冲时，用文字标出。

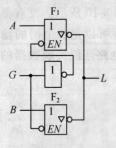

图 3-14　多路信号控制电路

表 3-7　总线结构功能测试表

控制	输入		输出
G	A	B	L
0	连续脉冲	0	
0	连续脉冲	1	
1	连续脉冲	0	
1	连续脉冲	1	

六、实验报告要求

1）画出实验电路图。整理、分析实验数据和结果。

2）总线上的三态门是否可以两个或两个以上处于工作状态？为什么？

第三节　译码器

一、实验目的

1）掌握中规模集成译码器数码显示器的工作原理及使用方法。

2）学习数码显示译码电路的使用方法。

3）学习拨码开关的使用方法。

二、实验原理

译码器是组合逻辑电路的一部分。所谓译码就是把代码的特定含义"翻译"出来的过程，而实现译码操作的电路称为译码器。译码器在数字系统中有广泛的用途，不仅用于代码的转换、终端的数字显示，还用于数据分配、存储器寻址和组合控制信号等。不同的功能可选用不同种类的译码器。译码器分类如下：

1. 二进制译码器

二进制译码器的功能是将 n 个输入变量变换成 2^n 个输出函数，且每个输出函数对应于 n 个输入变量的一个最小项，故二进制译码器又称变量译码器。二进制译码器一般具有 n 个输入端、2^n 个输出端和一个或多个使能输入端。在使能输入端为有效电平时，对应每一组输入代码，仅一个输出端为有效电平，其余输出端为无效电平。有效电平可以是高电平，也可以是低电平。常见的 MSI 二进制译码器有 2－4 线（2 输入 4 输出）译码器 74LS 139、3－8 线（3 输入 8 输出）译码器 74LS 138 和 4－16 线 74LS 154（4 输入 16 输出）译码器等。

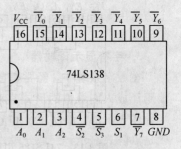

图 3-15　74LS138 引脚排列

以 74LS138 为例进行分析，图 3-15 为其引脚排列。其中 A_2、A_1、A_0 为地址输入端，$\overline{Y_0}$、$\overline{Y_1}$、$\overline{Y_2}$、$\overline{Y_3}$、$\overline{Y_4}$、$\overline{Y_5}$、$\overline{Y_6}$、$\overline{Y_7}$ 为译码输出端，S_1、$\overline{S_2}$、$\overline{S_3}$ 为使能端。

当 $S_1 = 1$，$\overline{S_2} + \overline{S_3} = 0$ 时，器件使能，地址码所指定的输出端为输出 0，其他所有输出端输出全为 1。当 $S_1 = 0$，$\overline{S_2} + \overline{S_3} = X$ 时，或 $S_1 = X$，$\overline{S_2} + \overline{S_3} = 1$ 时，译码器被禁止，所有输出同时为 1。

表 3-8 为 74LS138 功能表。

表 3-8　74LS138 功能表

输　　入					输　　出							
S_1	$\overline{S_2}+\overline{S_3}$	A_2	A_1	A_0	$\overline{Y_0}$	$\overline{Y_1}$	$\overline{Y_2}$	$\overline{Y_3}$	$\overline{Y_4}$	$\overline{Y_5}$	$\overline{Y_6}$	$\overline{Y_7}$
1	0	0	0	0	0	1	1	1	1	1	1	1
1	0	0	0	1	1	0	1	1	1	1	1	1
1	0	0	1	0	1	1	0	1	1	1	1	1
1	0	0	1	1	1	1	1	0	1	1	1	1
1	0	1	0	0	1	1	1	1	0	1	1	1
1	0	1	0	1	1	1	1	1	1	0	1	1
1	0	1	1	0	1	1	1	1	1	1	0	1
1	0	1	1	1	1	1	1	1	1	1	1	0
0	×	×	×	×	1	1	1	1	1	1	1	1
×	1	×	×	×	1	1	1	1	1	1	1	1

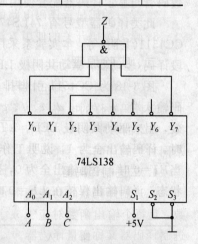

图 3-16　实现逻辑函数

二进制译码器和门电路配合使用，还可以方便地实现组合逻辑函数的逻辑功能，如图 3-16 所示，实现的逻辑函数是

$$Z=\overline{ABC}+\overline{A}B\,\overline{C}+A\,\overline{BC}+ABC$$

2. 二-十进制译码器

把输入 BCD 码的 10 个代码译成 10 个高、低电平信号。如中规模集成电路 4－10 线译码器 74LS42 等。二-十进制译码器有 4 个输入端，10 个输出端。输出低电平有效时，当输入为 0000～1001 中的任一组编码时，输出端 0～9 中只有一个为低电平。当输入 1010～1111 时，输出端呈高阻态，没有编码输出。

3. 字符显示译码器

在数字系统中，经常需要将数字、文字和符号的二进制编码译成人们习惯的形式直观地显示出来，以便查看。显示器的产品很多，如荧光数码管、半导体显示器、液晶显示和辉光数码管等。数显的显示方式一般有三种：一是重叠式显示；二是点阵式显示；三是分段式显示。

重叠式显示：将不同的字符电极重叠起来，要显示某字符，只要是相应的电极发亮即可，如荧光数码管。

点阵式显示：利用一定的规律进行排列、组合、显示不同的数字。例如，火车站里显示列车车次、始发时间的显示就是利用点阵方式显示的。

分段式显示：数码由分布在同一平面上的若干段发光的笔画组成。如电子手表、数字电子钟的显示就是用分段式显示的。

本实验中采用分段式显示。图 3-17 a 为两种不同出线形式的引出脚排列图，图 3-17b、c

为共阴管和共阳管的电路。共阳极接法：各发光二极管阳极相接，对应极接低电平时亮。共阴极接法是：各发光二极管的阴极相接，对应极接高电平时亮。

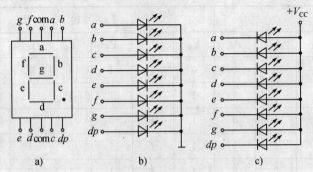

图 3-17　LED 数码管

a) 外引线排列　b) 共阴结构　c) 共阳结构

一个 LED 可用来显示一位 0～9 的十进制数和一个小数点。小型数码管（0.5 吋和 0.36 吋，1 吋＝0.033m）每段 LED 的正向压降，随显示光（通常为红、绿、黄、橙色）的颜色不同略有差别，通常为 2～2.5V，LED 的点亮电流为 5～10mA。LED 要显示 BCD 码所表示的十进制数字就需要有一个专门的译码器，该译码器不但要有译码功能，还要有一定的驱动能力。数码管与显示译码器配套使用时，在两者之间应串入限流电阻。

此类译码器型号有 74LS47（共阳）、74LS48（共阴）、CC4511（共阴）等，本实验系采用 CC4511 BCD 码锁存/七段译码/驱动器，驱动共阴极 LED 的 AES-511AG。

图 3-18 为 CC4511 引脚排列。A、B、C、D 为 BCD 码输入端。a、b、c、d、e、f、g 为译码输出端，输出 1 有效，用来驱动共阴极 LED。$\overline{LT}$ 为测试输入端，当 $\overline{LT}=0$ 时，译码输出全为 1，说明工作正常。$\overline{BI}$ 为消隐输入端，

图 3-18　CC4511 引脚排列

当 $\overline{BI}=0$ 时，译码输出全为 0，数码管全黑。LE 为锁定端，$LE=1$ 时译码器处于锁定（保持）状态，译码输出保持在 $LE=0$ 时的数值，$LE=0$ 为正常译码。表 3-9 为 CC4511 功能表。

表 3-9　CC4511 功能表

输　　入							输　　出							
LE	$\overline{BI}$	$\overline{LT}$	D	C	B	A	a	b	c	d	e	f	g	显示字形
×	×	0	×	×	×	×	1	1	1	1	1	1	1	8
×	0	1	×	×	×	×	0	0	0	0	0	0	0	消隐
0	1	1	0	0	0	0	1	1	1	1	1	1	0	0
0	1	1	0	0	0	1	0	1	1	0	0	0	0	1
0	1	1	0	0	1	0	1	1	0	1	1	0	1	2
0	1	1	0	0	1	1	1	1	1	1	0	0	1	3
0	1	1	0	1	0	0	0	1	1	0	0	1	1	4

（续）

输　入							输　出							显示字形
LE	$\overline{BI}$	$\overline{LT}$	D	C	B	A	a	b	c	d	e	f	g	
0	1	1	0	1	0	1	1	0	1	1	0	1	1	5
0	1	1	0	1	1	0	0	0	1	1	1	1	1	6
0	1	1	0	1	1	1	1	1	1	0	0	0	0	7
0	1	1	1	0	0	0	1	1	1	1	1	1	1	8
0	1	1	1	0	0	1	1	1	1	0	0	1	1	9
0	1	1	1	0	1	0	0	0	0	0	0	0	0	消隐
0	1	1	1	0	1	1	0	0	0	0	0	0	0	消隐
0	1	1	1	1	0	0	0	0	0	0	0	0	0	消隐
0	1	1	1	1	0	1	0	0	0	0	0	0	0	消隐
0	1	1	1	1	1	0	0	0	0	0	0	0	0	消隐
0	1	1	1	1	1	1	0	0	0	0	0	0	0	消隐
1	1	1	×	×	×	×	锁　　存							锁存

三、实验仪器与器材

1）THD－1 型数字电路实验箱。

2）74LS138 集成译码器。

3）74LS20 二－4 输入与非门。

四、显示译码电路和拨码开关的使用

在本数字电路实验装置上已完成了译码器 CC4511 和数码管 AES－511AG 之间的连接。实验时，只要接通＋5V 电源和将十进制数的 BCD 码接至译码器的相应输入端 A、B、C、D 即可显示 0～9 的数字。四位数码管可接受四组 BCD 码输入。CC4511 与 LED 数码管的连接如图 3-19 所示。使用 CD4511 时，R 为限流电阻。

有时需输入一些控制参数，设定后维持不变，可使用拨码开关设置。实验箱的中间部分有一组 4 位的拨码开关，每一位的显示窗指示出 0～9 的一位数字，每一位有一组 4 位的 A、B、C、D 二进制输出接口，每按一次"＋"或"－"键，将顺序地进行加 1 计数或减 1 计数。外形如图 3-20 所示。

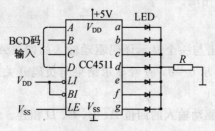

图 3-19　CC4511 驱动一位 LED 数码管

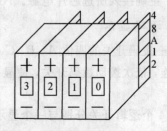

图 3-20　4 位拨码开关

五、实验内容与步骤

（一）变量译码器

1. 测试 3－8 线译码器 74LS138 逻辑功能

接好电源和地。A_0、A_1、A_2、S_1、$\overline{S}_2$、$\overline{S}_3$ 端是输入端，顺序分别接至 6 个逻辑电平开关。译码输出端 $\overline{Y}_0 \sim \overline{Y}_7$ 按顺序分别接至 8 个发光二极管的插孔。打开电源开关，按表 2.1.1 中输入值设置电平开关状态，逐项测试 74LS138 的逻辑功能，并将结果填入表 3-10 中。

表 3-10　74LS138 的逻辑功能测试表

输入					输出							
S_1	$\overline{S}_2 + \overline{S}_3$	A_2	A_1	A_0	$\overline{Y}_0$	$\overline{Y}_1$	$\overline{Y}_2$	$\overline{Y}_3$	$\overline{Y}_4$	$\overline{Y}_5$	$\overline{Y}_6$	$\overline{Y}_7$
1	0	0	0	0								
1	0	0	0	1								
1	0	0	1	0								
1	0	0	1	1								
1	0	1	0	0								
1	0	1	0	1								
1	0	1	1	0								
1	0	1	1	1								
0	×	×	×	×								
×	1	×	×	×								

2. 用译码器 74LS138 和二－4 输入与非门 74LS20 设计全加器

按题意列出全加器的真值表，根据 74LS138 和 74LS20 的引脚排列，画出电路接线图并连线。把函数中的变量作为译码器的输入 A_2、A_1、A_0，接逻辑电平开关，使能端 S_1、$\overline{S}_2$、$\overline{S}_3$ 固定接 1、0、0，译码器工作。把使函数为 1 的变量组合对应的译码器输出接 74LS20 与非门的输入，而与非门的输出接逻辑电平显示器。自行设计表格，记录所设计的电路的测试结果。

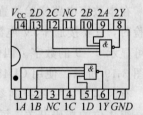

图 3-21　74LS20 的引脚排列

图 3-21 是二－4 输入与非门 74LS20 的引脚排列。

注意：正确接入所选芯片电源。NC 是不用端。

（二）译码显示

1）将一拨码开关的四位 A、B、C、D 输出与一个显示译码驱动输入的四位 A、B、C、D 对应位相连，依次拨动拨码开关，使显示器显示 $0 \sim 9$，查看显示结果与拨码开关对应数字是否一致。

2）将 4 个逻辑开关分别与一个显示译码驱动输入的四位 A、B、C、D 相连。依次拨动逻辑开关从 $0000 \sim 1111$（0H～FH），完成表 3-11。

表 3-11 LED 数码管显示的形状测试表

输入	0	1	2	3	4	5	6	7	8	9	*A*	*B*	*C*	*D*	*E*	*F*
显示																

注意：显示译码工作需要与一个＋5V 电源连通。

六、实验报告

1) 写出用 3-8 译码器设计多输出函数的过程，画出设计的逻辑电路图和实验用的接线图。

2) 实验结果记录。

第四节 触发器和计数器

一、实验目的

1) 掌握常用集成 D 触发器的基本原理及使用方法。

2) 掌握由集成触发器构成的二进制计数电路的工作原理。

3) 掌握中规模集成计数器 74LS90 的逻辑功能和使用方法。

4) 学习数字逻辑实验箱中单脉冲的使用方法。

二、实验原理

（一）触发器

触发器是重要的数字逻辑器件，是组成各种时序逻辑电路的基本单元，也是分析与设计时序逻辑电路的基础。触发器必须具备两个稳态。用以记忆两个逻辑特征值 0 和 1。触发器的状态能够预置，通常用异步置位控制端 $\overline{S}_D$ 置 1 或复位控制端 $\overline{R}_D$ 置 0。触发器还必须能在外部信号（例如 JK 信号、D 信号等）的激励下通过时钟脉冲 CP 的同步控制进行状态的转移。

常见的集成触发器根据逻辑功能有 JK 触发器和 D 触发器，根据电路结构，触发器受时钟脉冲触发的方式有维持阻塞型和主从型。维持阻塞型又称边沿触发方式，触发状态的转换发生在时钟脉冲的上升或下降沿。而主从型触发方式状态的转换分两个阶段，在 $CP=1$ 期间完成数据存入，在 CP 从 1 变为 0 时完成状态转换。

1. JK 触发器

在输入信号为双端的情况下，JK 触发器是功能完善、使用灵活和通用性较强的一种触发器。触发器的状态在时钟信号的下降沿随 J 的状态转变。当 $J=K=0$ 时，触发器的状态保持不变；当 $J \neq K$ 时，触发器的状态与 J 相同；当 $J=K=1$ 时，触发器状态翻转。

JK 触发器的状态方程为：$Q^{n+1}=J\overline{Q}^n+\overline{K}Q^n$

J 和 K 是数据输入端，是触发器状态更新的依据，若 J、K 有两个或两个以上输入端时，组成与的关系。

逻辑符号见图 3-22，异步置位控制端是 $\overline{S}_D$，复位控制端是 $\overline{R}_D$。

JK 触发器常被用作缓冲存储器，移位寄存器和计数器。

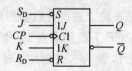

图 3-22 JK 触发器逻辑符号

2. D 触发器

在输入信号为单端的情况下，常使用 D 触发器。其输出状态的更新发生在 CP 脉冲的上升沿，故又称为上升沿触发的边沿触发器，触发器的状态只取决于时钟到来时 D 端的状态，即状态随 D 转变。逻辑符号见图 3-23，异步置位控制端是 $\overline{S}_D$，复位控制端是 $\overline{R}_D$。

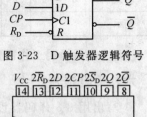

图 3-23　D 触发器逻辑符号

本实验采用 74LS74 双 D 触发器，它是上升边沿触发的 D 触发器。引脚如图 3-24 所示。逻辑功能表为表 3-12。

D 触发器的状态方程为：$Q^{n+1} = D$

D 触发器的应用很广，可用作数字信号的寄存、移位寄存、分频和波形发生等。

图 3-24　74LS74 外引线排列

表 3-12　74LS74 逻辑功能表

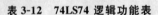

输　　入				输　　出	
$\overline{S}_D$	$\overline{R}_D$	CP	D	Q^{n+1}	$\overline{Q}^{n+1}$
0	1	×	×	1	0
1	0	×	×	0	1
0	0	×	×	不定	不定
1	1	↑	1	1	0
1	1	↑	0	0	0

（二）计数器

计数器是一个用以实现计数功能的时序部件，由触发器构成，在时钟脉冲作用下，累计脉冲个数。它不仅可用来统计脉冲数，还常用作数字系统的定时、分频和执行数字运算以及其他特定的逻辑功能。计数器种类很多。按构成计数器中的各触发器是否使用一个时钟脉冲源来分，有同步计数器和异步计数器。根据计数体制的不同，分为二进制计数器，十进制计数器和任意进制计数器。根据计数的增减趋势，又分为加法、减法和可逆计数器。还有可预置数和可编程序功能计数器等。

1. 触发器构成的二进制计数电路

将一块 D 触发器的 $\overline{Q}$ 端与 D 端相连即可构成一位二进制计数器，如图 3-25 所示。图 3-26 是一位二进制计数器时序图。图中 Q 是计数值，CP 是计数脉冲。开始计数前触发器清 0，第一 CP 上沿到来变 1，相当加 1；第二 CP 上沿到来 D 变 0，相当逢二进一，本位清 0，向高位进 1，故为二进制加 1 计数器。Q 有 0、1 两个状态，称模 2 计数器，计数长度称为模。由时序图可知，状态 Q 实际上是对时钟 CP 的二分频，因此计数器的模也是分频系数。第三个脉冲之后重复上述动作，称计数器完成一个计数循环。一块 JK 触发器也可构成一位二进制计数器。一位二进制计数器只能对 0、1 计数，为扩大计数器范围，常用多个二进制计数器级联使用。

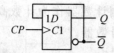

图 3-25 一位二进制计数器接线

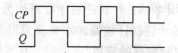

图 3-26 一位二进制计数器时序图

2. 集成计数器

目前，无论是 TTL 还是 CMOS 集成电路，都有品种较齐全的中规模集成计数电路。使用者只要借助于器件手册提供的功能表和工作波形图以及引出端的排列，就能正确地运用这些器件。常用二—五—十进制计数器 74LS90，异步清零二进制计数器 74LS161 和十进制计数器 74LS160。

图 3-27 所示为二—五—十进制异步计数器 74LS90 的内部框图和外引线排列。

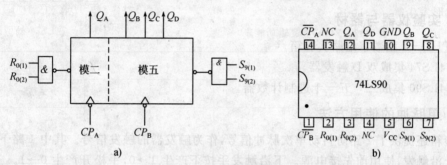

图 3-27 74LS90 的外引线排列

a) 内部框图 b) 外部引脚排列

74LS90 其内部是由四个下降沿触发的 JK 触发器组成的两个独立计数器。一个是二进制计数器，$\overline{CP_A}$ 为时钟脉冲输入端，Q_A 为输出端；另一个是异步五进制计数器，$\overline{CP_B}$ 为时钟脉冲输入端，$Q_D Q_C Q_B$ 为输出端。$R_{0(1)}$、$R_{0(2)}$ 称为异步复位（清零）端，$S_{9(1)}$、$S_{9(2)}$ 称异步置 9 端。其功能如表 3-13 所示。

表 3-13 74LS90 异步计数器逻辑功能表

输	入			输		出	
复 位 端		置 9 端		Q_3	Q_2	Q_1	Q_0
$R_{0(1)}$	$R_{0(2)}$	$S_{9(1)}$	$S_{9(2)}$				
1	1	0	×	0	0	0	0
1	1	×	0	0	0	0	0
×	×	1	1	1	0	0	1
0	×	0	×				
×	0	×	0				
0	×	×	0	计	数		
×	0	0	×				

两个计数器独立使用，分别构成一个二进制计数器，一个是异步五进制计数器。两个计数器级联使用，二进制计数器作为计数低位，五进制计数器作为计数高位，则构成一个 8421

码的十进制计数器；若五进制计数器作为计数低位，二进制计数器作为计数高位，则构成一个 5421 码的十进制计数器。本实验采用 8421 码的十进制计数器。

3. 集成计数器的应用

（1）级联

一个十进制计数器只能对 0～9 计数，为扩大计数范围，常用多个十进制计数器级联使用。

（2）构成 N 进制计数器

假设已有 N 进制计数器，而需要得到一个 M 进制计数器时（$M<N$），可通过芯片提供的复位或置位端，利用复位法或置位法进行设计。置位法又分置 0、置最小值、置最大值、置任意值四种方法。

三、实验仪器与器材

1）THD−1 型数字电路实验箱。

2）74LS74 集成双 D 触发器。

3）74LS90 集成二−五−十进制计数器。

四、单脉冲的使用方法

实验箱还提供了 2 路防抖动单次脉冲信号，作为触发器的触发信号。其中 1 路下沿触发，另 1 路上沿触发，使用前先接电源。下沿触发手按下产生 1→0，手松开产生 0→1。上沿触发手按下产生 0→1，手松开产生 1→0。

五、实验内容与步骤

（一）D 触发器

1. 直接置 0 和置 1 端的功能测试

将双 D 触发器 74LS74 集成块插入实验箱集成电路底座上，将其中一个触发器的异步复位与异步置位端 $\overline{R}_D$、$\overline{S}_D$ 接逻辑开关，注意此时逻辑开关应同时置 1。输出端 Q 接逻辑电平指示器，如图 3-28 所示。接好芯片的电源和地，检查无误后接通 5V 直流电源。分别将 $\overline{S}_D$、$\overline{R}_D$ 逻辑开关接地，观察 D 触发器的输出端 Q。

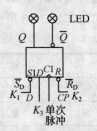

图 3-28　触发器接线图

2. 验证 D 触发器的逻辑功能

将 D 触发器的异步复位与异步置位端接高电平，在 CP 端加入上沿触发单次脉冲信号，D 端接逻辑开关，输出端 Q 接逻辑电平指示器。接通 5V 直流电源，手动输入 CP 单次脉冲，按表 3-14 验证 D 触发器的逻辑功能。注意 Q 状态更新发生在 CP 的哪个边沿。

表 3-14　74LS74 功能测试表

D	CP	Q^{n+1}	
		$Q^n=0$	$Q^n=1$
0	0→1		
	1→0		

（续）

D	CP	Q^{n+1}	
		$Q^n = 0$	$Q^n = 1$
1	$0 \rightarrow 1$		
	$1 \rightarrow 0$		

采用 $\overline{R}_D$ 接地使 $Q^n = 0$，采用 $\overline{S}_D$ 接地使 $Q^n = 1$。注意设置完成后将 $\overline{R}_D$、$\overline{S}_D$ 接回高电平。

（二）D 触发器构成的 2 位异步加法计数器逻辑功能的测试

先将 74LS74 的两个 D 触发器 $\overline{Q}$ 端与各自的 D 端相连，如图 3-29 所示。这时两触发器均处于计数状态。再将两块 D 触发器按异步加法计数器级联。低位 D 触发器 CP 端加入上沿触发单次脉冲信号，两输出端 Q 各接 1 只逻辑电平指示器。检查无误后，打开电源开关，依次加入 CP，观察 Q 状态变化，验证异步加法计数器的逻辑功能。

两个 D 触发器 $\overline{R}_D$ 端接同一个逻辑开关，接地使计数器清零，回 1 计数器工作。按动单次脉冲，计数器按二进制加法方式工作。记录结果填入表 3-15 中。

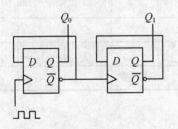

图 3-29　异步二进制加法计数器实验接线图

表 3-15　二进制加法计数器态序表

Q_1	Q_0
0	0

（三）集成二—五—十进制计数器

1. 十进制计数器

按图 3-30 将电路中输出端 Q_A 作为 CP_B，用 74LS90 先构成 8421 十进制计数器。再将电路各输出端 Q_D、Q_C、Q_B、Q_A 分别与译码显示电路的 D、C、B、A 对应相接。从时钟端 CP_A 接入单次下沿触发脉冲。$R_{0(1)}$、$R_{0(2)}$、$S_{9(1)}$、$S_{9(2)}$ 接地。手动输入单次脉冲，观察相应数码管显示字符，记录计数器工作状态于表 3-16。

2. 六进制计数器

采用复位法将 74LS90 构成的 8421 十进制计数器的输出编码 0101 通过 $R_{0(1)}$、$R_{0(2)}$ 反馈，构成六进制计数器，$S_{9(1)}$、$S_{9(2)}$ 接地。手动输入单次脉冲，观察相应数码管显示字符，记录计数器工作状态于表 3-17。

六、实验报告要求

1）画出实验测试电路，整理实验测试结果，画出二进制加法计数器时序图。

2）如果用 D 触发器组成二进制减法计数器，级间应如何连线？

3）利用普通的机械开关组成的数据开关所产生的信号是否可作为触发器的时钟信号，为什么？

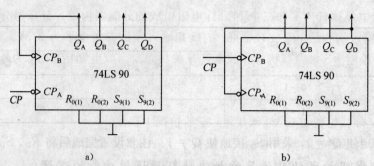

a)   b)

图 3-30 74LS90 使用

a) 8421 十进制计数器   b) 5421 十进制计数器

表 3-16 十进制加法计数器态序表

CP	Q_3	Q_2	Q_1	Q_0
0	0	0	0	0
1				
2				
3				
4				
5				
6				
7				
8				
9				

表 3-17 六进制加法计数器态序表

CP	Q_3	Q_2	Q_1	Q_0
0	0	0	0	0
1				
2				
3				
4				
5				

第五节　555 定时器

一、实验目的

1）熟悉 555 型集成时基电路的构成、工作原理及特点、基本应用。

2）掌握用示波器测量脉冲波形的幅值和周期的方法。

二、实验原理

555 定时器是一种数模混合中规模集成电路，只要外接适当的阻容元件，就可以构成施密特触发器、单稳态触发器及多谐振荡器等脉冲信号产生与变换电路。广泛的应用于波形的产生与变换、测量与控制、定时电路、家用电器、电子玩具、电子乐器等方面。

目前生产的定时器有双极型和 CMOS 两种类型，为双列直插 8 脚封装，其型号有 NE555、5G555 、C7555 等。它们的结构及工作原理基本相同。双极型定时器的电源电压范围为 5～16V，最大负载电流可达 200mA，可直接推动扬声器、电感等低电阻负载；CMOS 定时器的电源电压为 3～18V，最大负载电流在 4mA 以下。

1. 555 定时器电路构成

图 3-31 是 555 定时器内部组成框图。它主要由两个高精度电压比较器 A_1、A_2，一个 RS

触发器、一个放电晶体管 VT 和三个由 $5\text{k}\Omega$ 电阻组成的分压器构成。分压器分别使高电平比较器 A_1 的同相输入端和低电平比较器 A_2 的反相输入端的参考电平为 $2/3V_{\text{CC}}$ 和 $1/3V_{\text{CC}}$。A_1 与 A_2 的输出端控制 RS 触发器状态和放电管开关状态。当放电管导通时,为外接电容提供低阻放电通路。

555 各个引脚功能如下:

1 脚 GND:外接电源负端 V_{SS} 或接地,一般情况下接地。

2 脚 $\overline{TL}$:低电平触发端。该端输入电压低于 $1/3V_{\text{CC}}$ 时,输出为 1。

3 脚 OUT:输出端。输出为 1 时 u_0 的电压比电源电压 V_{CC} 低 2V 左右。

4 脚 $\overline{R}_{\text{D}}$:直接清零端。该端低电平电路输出为 0;工作时应接高电平。

8 脚 V_{CC}:外接电源。

5 脚 CO:控制电压端。该端外接电压可改变内部两个比较器的基准电压;当该端不用时,应串入一只 $0.01\mu\text{F}$ 电容接地,以防干扰。

6 脚 TH:高电平触发端。该端输入电压高于 $2/3V_{\text{CC}}$ 时,输出为 0。

7 脚 DIS:放电端。该端与放电晶体管的集电极相连,提供外接电容的放电路径。

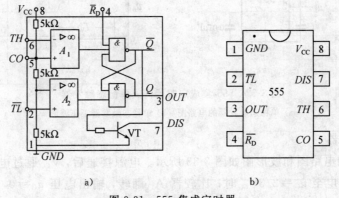

图 3-31 555 集成定时器

a) 内部电路图　　b) 外部引脚图

当 CO 端不用时,得到的 555 集成定时器的功能表如表 3-18 所示。

表 3-18 555 集成定时器的功能表

$\overline{R}_{\text{D}}$	TH	$\overline{TL}$	OUT	VT
0	×	×	0	导通
1	大于 $2/3V_{\text{CC}}$	大于 $1/3V_{\text{CC}}$	0	导通
1	小于 $2/3V_{\text{CC}}$	小于 $1/3V_{\text{CC}}$	1	截止
1	小于 $2/3V_{\text{CC}}$	大于 $1/3V_{\text{CC}}$	保持	保持

2. 555 定时器的应用

(1) 单稳态电路

单稳态电路的组成和波形如图 3-32 所示。当电源接通后,V_{CC} 通过电阻 R 向电容 C 充电,待电容上电压 u_c 上升到 $2/3V_{\text{CC}}$ 时,RS 触发器置 0,即输出 u_0 为低电平,同时电容 C 通过晶体管 VT 放电。在 $t=t_1$ 时刻,低电平触发端 2 的外接输入信号电压 $u_1<1/3V_{\text{CC}}$,RS 触

发器置1，输出 u_o 为高电平，同时，晶体管 VT 截止。电源 V_{CC} 再次通过 R 向 C 充电。输出电压维持高电平的时间取决于 C 的充电时间。

输出电压的脉宽

$$T_W = RC\ln3 \approx 1.1RC$$

一般 R 取 $1k\Omega \sim 10M\Omega$，$C > 1000pF$。

由上式可知，单稳态电路的暂态时间与 V_{CC} 无关，因此用 555 定时器组成的单稳电路可以作为精密定时器。

当触发器脉冲宽度 T_1 大于单稳态触发电路输出脉冲宽度 T_W 时，接入微分电路，使 555 定时器 2 脚输入负脉冲为窄脉冲。

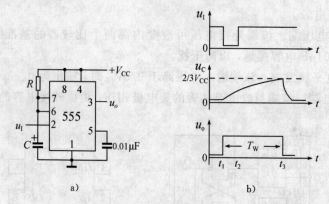

a)   b)

图 3-32　555 集成定时器构成单稳态触发器

a) 单稳态触发器的电路图　b) 单稳态触发器工作波形

（2）多谐振荡器

多谐振荡器的电路图和波形图如图 3-33 所示。电源接通后，V_{CC} 通过电阻 R_1、R_2 向电容 C 充电。当电容充电至 $u_c = 2/3V_{CC}$ 时，比较器 A_1 翻转，输出电压 $u_O = 0$，同时放电晶体管 VT 导通，电容 C 通过 R_2 放电；当电容上电压 $u_c = 1/3V_{CC}$，比较器 A_2 工作，输出电压 u_O 变为高电平，C 放电终止，开始重新充电，周而复始，形成振荡。振荡周期 T 和振荡频率 f 的近似计算公式如下：

脉冲宽度　$T_H \approx (R_1 + R_2)C\ln2 \approx 0.7(R_1 + R_2)C$

脉冲间隔时间　$T_L \approx R_2C\ln2 \approx 0.7R_2C$

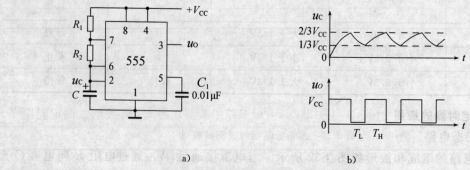

a)   b)

图 3-33　555 集成定时器构成的多谐振荡器

a) 多谐振荡器的原理图　b) 多谐振荡器的工作波形

振荡周期 $T = T_H + T_L \approx 0.7(R_1 + 2R_2)C$

振荡频率 $f = 1/T$

占空比 $D = \dfrac{T_H}{T} = \dfrac{R_1 + R_2}{R_1 + 2R_2}$

由上分析可知:

1) 电路的振荡周期 T、占空比 D 仅与外接元件 R_1、R_2 和 C 有关,不受电源电压的影响。

2) 改变 R_1、R_2 即可改变占空比,其值可在较大范围内调节。

3) 改变 C 的值,可单独改变周期,而不影响占空比。

三、实验仪器与器材

1) THD-1 型数字电路实验箱。

2) DS5022M 型示波器。

3) 555 时基电路。

4) 电容器、电阻器若干。

四、示波器的使用方法

数字信号用直流电压档测量,以防交流耦合电容破坏波形的上、下沿。信号进入示波器后,按 $\boxed{\text{AUTO}}$ 键→ $\boxed{\text{Measurement}}$ 键→全部测量,从屏幕下方的数据显示中读取数据。

五、实验内容与步骤

555 基本使用接线固定不变,1 脚接地,8 脚、4 脚外接电源,5 脚通过 $0.01\mu\text{F}$ 电容接地,3 脚接示波器通道 1 输入探头。实验中仅对 2、6、7 脚按功能要求进行外部元件的换接。

1. 用 555 定时器构成单稳态触发电路

1) 按图连线,取 $R = 10\text{ k}\Omega$,$C = 22\mu\text{F}$,输入端加单次脉冲,用双踪示波器观测 u_I,u_O 波形。测定暂稳时间 T_W,记入表 3-19。

2) 将 C 改为 $2.2\mu\text{F}$,输入端加单次脉冲,观测波形 u_I,u_O,测定暂稳时间 T_W 记入表 3-19。

表 3-19 单稳态触发器数据测试表

R	C	T_W 测试值	T_W 计算值
10 kΩ	$22\mu\text{F}$		
	$2.2\mu\text{F}$		

2. 用 555 定时器构成多谐振荡电路

1) 按图 3-33 a 接线,取 $R_1 = 10\text{ k}\Omega$,$R_2 = 10\text{ k}\Omega$,$C = 22\mu\text{F}$,用双踪示波器观测 u_i,u_o 波形。测定周期 T。

2) 取 $R_1 = 10\text{ k}\Omega$,$R_2 = 10\text{ k}\Omega$,$C = 2.2\mu\text{F}$,用双踪示波器观测 u_i,u_o 波形。测定周期 T。

表 3-20 多谐振荡器数据测试表

R_1	R_2	C	T 测试值	T 计算值
10 kΩ	10 kΩ	$22\mu\text{F}$		
		$2.2\mu\text{F}$		

六、实验报告要求

1）555 定时器构成的振荡器，其振荡周期和占空比的改变与哪些因素有关？若只需改变周期，而不改变占空比应调整哪个元件的参数？

2）555 定时器构成的单稳态触发器输出脉冲的宽度由什么决定？

3）说明使用 555 定时器时，4 脚与 5 脚的一般处理方法。

第六节　A/D 及 D/A 转换电路

一、实验目的

1）了解常见转换器的结构与工作原理。

2）掌握模数转换器 ADC0809 的使用。

3）掌握数模转换器 DAC0832 的使用。

二、实验原理

计算机应用中，有时需处理的信息不是数字量，而是一些随时间连续变化的模拟量，甚至是一些非电量，如温度、压力、速度等。计算机可处理的信息是数字量 1 和 0，必须先将非电的模拟信号变成与之对应的模拟电信号，再将模拟电量转换成数字量，这需要从模拟（Analog）到数字（Digital）转换电路。处理完毕得出的连续控制信息，也要转换为模拟量进行控制，这又需要数字到模拟的转换电路。该过程如图 3-34 所示。

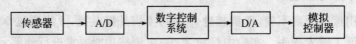

图 3-34　计算机控制系统框图

（一）A/D 转换器

1. A/D 转换器的分类

A/D 转换器常用的几种类型为：积分型、逐次逼近型、并行比较型、$\Sigma - \Delta$ 调制型、电容阵列逐次比较型及压频变换型。

（1）积分型

积分型 A/D 转换器的工作原理是将输入电压转换成时间或频率，然后由定时器/计数器获得数字值。其优点是用简单电路就能获得高分辨率，但缺点是由于转换精度依赖于积分时间，因此转换速率极低。

（2）逐次逼近型

逐次比较型 A/D 转换器由一个比较器和 D/A 转换器通过逐次比较逻辑构成，从 MSB 开始，顺序地对每一位将输入电压与内置 D/A 转换器的输出值进行比较，经 n 次比较而输出数字值。其电路规模属于中等。其优点是速度较高、功耗低。原理框图如图 3-35 所示。

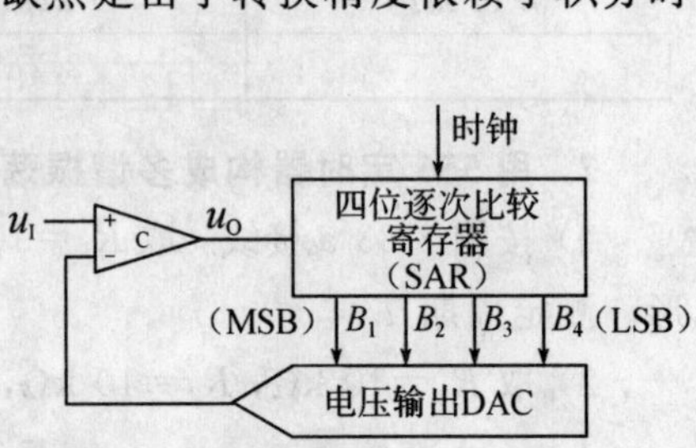

（3）并行比较型

并行比较型 A/D 转换器采用多个比较器，仅作一次比较而实行转换，又称 FLash 型。由于转换速率极高，n 位的转换需要 $2n-1$ 个比较器，因此电路规模也极大，价格也高，只适用

图 3-35　逐次逼近型 A/D 原理框图

于视频 A/D 转换器等速度特别高的领域。

A／D 转换器按数字量的输出方式有并行输出和串行输出两种类型。

2．A/D 转换器的主要技术指标

1）分辨率：指数字量变化一个最小单位时模拟信号对应的变化量。分辨率通常以位数来表示。

2）转换速率：指完成一次 A/D 转换所需的时间的倒数。积分型 A/D 转换的时间是毫秒级，属低速 A/D，逐次逼近型 A/D 是微秒级，属中速 A/D，并行 A/D 可达到纳秒级。

3．ADC0809

本实验用的 ADC0809 工作原理属第二类，是 8 位 A/D 转换器。每采集一次一般需 $100\mu S$，A/D 转换结束后会自动产生转换结束 EOC 信号。ADC0809 引脚排列图如图 3-36 所示。

ADC0809 引脚含义：

$IN_0 \sim IN_7$：8 路模拟通道输入，由 A、B、C 三条线选择。

C、B、A：模拟通道选择线，比如 $CBA = 000$ 时，选择 0 通道，$CBA = 111$ 时，选择 7 通道进行转换。

$D_7 \sim D_0$：8 位数据线、三态输出、由 OE（输出允许信号）控制输出。

OE：输出允许，该引线上的高电平，打开三态缓冲器，将转换结果放到 $D_7 \sim D_0$ 上。

ALE：地址允许锁存，其上升沿将 A、B、C 三条引线的信号锁存，经译码选择对应的模拟通道。

$START$：转换启动信号，在模拟通道选通之后，由 START 上的正脉冲启动 A/D 转换过程。

EOC（end of conversion）：转换结束信号，在 START 信号之后，A/D 开始转换。EOC 输出低电平，表示转换在进行中，当转换结束，数据已锁存在输出锁存器之后，EOC 变为高电平。

$V_{REF(+)}$、$V_{REF(-)}$：基准电压输入。

$CLOCK$：时钟输入、时钟频率上限为 1280kHz。典型值为 640kHz

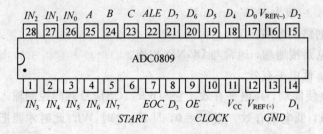

图 3-36　ADC0809 引脚排列图

（二）D/A 转换器

1．D/A 转换器分类

目前，常见的 D/A 转换器中，有权电阻网络 D/A 转换器、倒梯形电阻网络 D/A 转换器、权电流型 D/A 转换器、权电容网络 D/A 转换器以及开关树型 D/A 转换器等。

D/A 转换器数字量的输入方式有并行输入和串行输入两种类型。

2. D/A 转换器的主要技术指标

（1）分辨率：指最小模拟输出量（对应数字量仅最低位为 1）与最大量（对应数字量所有有效位为 1）之比；

（2）建立时间：是将一个数字量转换为稳定模拟信号所需的时间，也可以认为是转换时间。一般地，电流输出 D/A 建立时间较短，电压输出 D/A 则较长。

3. DAC0832 转换器

选用 8 位 D/A 转换器 DAC0832 进行实验研究。DAC0832 是 CMOS 工艺，共 20 个引脚，其内部原理框图外部引脚排列如图 3-37 所示。

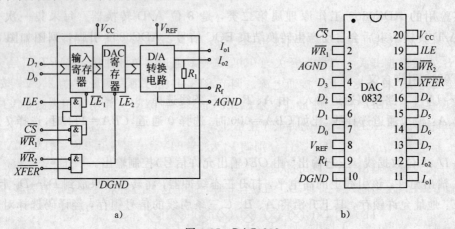

图 3-37　DAC0832

a）内部原理框图　b）外部引脚排列

各引脚功能为：

$D_7 \sim D_0$：八位数字量输入端，D_7 为最高位，D_0 为最低位。

I_{O1}：模拟电流输出 1 端，当 DAC 寄存器为全 1 时，I_{O1} 最大；全 0 时，I_{O1} 最小。

I_{O2}：模拟电流输出 2 端，$I_{O1} + I_{O2} =$ 常数 $= V_{REF}/R$，一般接地。

R_f：为外接运放提供的反馈电阻引出端。

V_{REF}：是基准电压参考端，其电压范围为 $-10V \sim +10V$。

V_{CC}：电源电压，一般为 $+5V \sim +15V$。

$DGND$：数字电路接地端。

$AGND$：模拟电路接地端，通常与 DGND 相连。

$\overline{CS}$：片选信号，低电平有效。

ILE：输入锁存使能端，高电平有效。它与 $\overline{WR_1}$、$\overline{CS}$ 信号共同控制输入寄存器选通。

$\overline{WR_1}$：写信号 1，低电平有效。当 $\overline{CS}=0$，$ILE=1$ 时，$\overline{WR_1}$ 此时才能把数据总线上的数据输入寄存器中。

$\overline{WR_2}$：写信号 2，低电平有效。与 $\overline{XFER}$ 配合，当二者均为 0 时，将输入寄存器中当前的值写入 DAC 寄存器中。

$\overline{XFER}$：控制传送信号输入端，低电平有效。用来控制 $\overline{WR_2}$ 选通 DAC 寄存器。

由于 DAC0832 转换输出是电流，所以，当要求转换结果不是电流而是电压时，可以在 DAC0832 的输出端接一运算放大器，将电流信号转换成电压信号。

当 V_{REF} 接 $+5V$（或 $-5V$）时，输出电压范围是 $0 \sim -5V$（或 $0 \sim +5V$）。如果 V_{REF} 接 $+10V$

(或－10V)时，输出电压范围是 $0 \sim -10V$(或 $0 \sim +10V$)。

三、实验仪器与器材

1）THD－1 型数字电路实验箱。

2）模数转换器 ADC0809。

3）数模转换器 DAC0832,通用运算放大器 $\mu A741$。

4）UT39A 数字万用表。

四、实验内容与步骤

（一）A/D 转换器

1）按图 3-38 接线。$D_7 \sim D_0$ 分别接 8 只 LED，CLK 接实验箱的 20kHz 连续脉冲 CP，地址码 C、B、A 接数据开关。置数据开关为 000，选择 0 通道。单脉冲接 $START$ 信号

2）接线完毕，检查无误后，接通电源。调节 RP，并用万用表测量 V_1 为 2.5V，按一次单次脉冲，观察输出 LED 显示，除最高位外，LED 全黑；调节 RP，并用万用表测量 VI 为 0V，再按一次单次脉冲，LED 全黑，说明工作正常。

3）按上述实验方法，按表中条件分别调 V_1 为 2V、1V、0.5V、0.2V、0.1V、0V 进行实验，观察并记录每次输出 $D_7 \sim D_0$ 的状态。

4）调节 RP，改变输入 V_1，使 $D_7 \sim D_0$ 全 1 时，测量这时的输入转换电压值为多少。

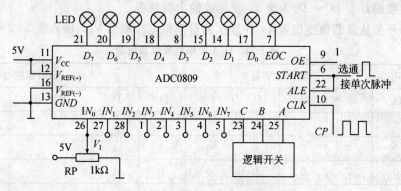

图 3-38　ADC0809 实验接线图

表 3-21　A/D 转换测量数据记录

输入模拟电压	实测输出二进制数							
V_i/V	D_7	D_6	D_5	D_4	D_3	D_2	D_1	D_0
0								
0.1								
0.2								
0.5								
1								
2								
	1	1	1	1	1	1	1	1

（二）D/A 转换器

实验接线图如图 3-39 所示。把 $D_7 \sim D_0$ 接逻辑开关，$\overline{CS}$、$\overline{WR_2}$、$\overline{XFER}$、$AGND$ 和 $DGND$ 相连接地，V_{CC}、ILE、参考电压接 $+5V$，运放电源为 $\pm 12V$。（见图 3-39）

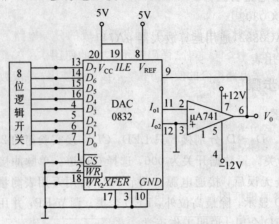

图 3-39　DAC0832 实验接线图

1）接线检查无误后，置 $D_7 \sim D_0$ 为全零，接通电源，调节运放的调零电位器，使输出电压 $V_o = 0$。

2）再置数据开关 $D_7 \sim D_0$ 为全 1，使运放输出满量程。

3）数据开关从最低位逐位置 1，并逐次测量模拟电压输出 V_o，填入表 3-22 中。

表 3-22　D/A 转换测量数据记录

输入数字量								输出模拟电压 V_o/V	
D_7	D_6	D_5	D_4	D_3	D_2	D_1	D_0	实测值	理论值
0	0	0	0	0	0	0	0		
0	0	0	0	0	0	0	1		
0	0	0	0	0	0	1	1		
0	0	0	0	0	1	1	1		
0	0	0	0	1	1	1	1		
0	0	0	1	1	1	1	1		
0	0	1	1	1	1	1	1		
0	1	1	1	1	1	1	1		
1	1	1	1	1	1	1	1		

五、实验报告要求

1）若模拟电压输入大于 5V，电路应如何改接？

2）分析理论值和实际值的误差，试说明影响 D/A 转换器转换精度的主要因素有哪些？

第七节　数字电子秒表

一、实验目的

1）掌握基本门电路的使用。

2）学习用 555 产生数字脉冲电路，用 D 触发器组成的分频电路。

3）掌握集成数字芯片 74LS90 芯片、译码显示芯片的使用。

4）掌握使用所学的数字电路组合的使用方法，示波器的使用，一般数字电路的调试方法。

二、实验设备

1. THD－1 型数字电路实验箱。

2. SAC－TZ101－3 型模拟电子实验台

三、实验电路

图 3-40 为实验电路原理框图。

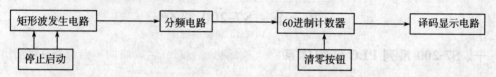

图 3-40　实验电路原理框图

四、实验预习

预习有关实验内容：基本逻辑门电路、译码显示电路、触发器、由 555 组成的脉冲发生电路、集成计数器 74LS90 的使用。

五、实验原理

有 555 集成定时器组成多谐振荡电路，输出数字方波，通过变阻器调解脉冲周期，产生的矩形脉冲信号经过 74LS74 双 D 触发器构成的 4 分频电路，输出合适的脉冲信号，送入由两片 74LS90 构成的 60 进制计数器，并通过译码显示电路数据显示，组成秒表电路。同时通过或门电路过程清零信号，当清零信号发出高电平时，秒表复位，显示全零。当发成停止信号时，555 集成定时器停止，计数器停止计数，秒表停止。

六、实验内容

1）用 555 集成定时器组成数字脉冲电路，输出方波，用示波器观察波形。

2）用双 DC 触发器组成 4 分频电路，对数字脉冲电路产生的方波分频。

3）连接集成计数器，组成 60 进制计数器，并用 74LS02 构成清零电路及停止、启动电路。

4）连接各部分电路，并将计数器的输出与显示译码器连接，观看结果是否正确。

5）用 555 集成定时器构成单稳态触发器，输出清零信号，组成自启动电路（选作）。

七、实验报告

1）写出各部分电路的设计、实验过程，画出实验原理图、并画出电路的逻辑框图，写明各部分电路的原理及调试过程。

2）写出实验的心得体会。

第四章　可编程序控制器实验

可编程控制器(Programmable Logic Controller)是以微处理机为基础，综合了计算机技术、自动控制技术和通信技术等现代科技而发展起来的一种新型工业自动控制装置，是将计算机技术应用于工业控制领域的新产品。

可编程控制器具有可靠性高、抗干扰能力强、功能完善、适应性强、使用简单、调试维修方便、体积小、重量轻、功耗低的特点，因而得到了异常迅猛的发展，并与 CAD/CAM、机器人技术一起被誉为当代工业自动化的三大支柱之一。

德国西门子公司的 PLC(可编程控制器)在我国 PLC 市场上的占有量很大，特别是西门子公司推出的 S7-200/300/400 以其功能强大、性价比高等特点深受国内用户的欢迎。为了使读者能更好地理解本教程的实验内容，本章将介绍 S7-200 的基础知识。

第一节　S7-200 简介

一、S7-200 系列 PLC 结构体系

1. S7-200 系列 PLC 的基本结构

S7-200 系列属于整体式小型 PLC，这种 PLC 将 CPU 模块、I/O 模块和电源装在一个箱形机壳内，用于代替继电器的简单控制场合，也可用于复杂的自动化系统。S7-200 系列 PLC 提供了多种不同 I/O 点数的 CPU 模块和数字量、模拟量 I/O 扩展模块，热电偶、热电阻模块，通信模块等，使 PLC 的功能得到扩展。CPU 模块和扩展模块用扁平电缆连接。图 4-1 为 S7-200 PLC 的外形结构图。

S7-200 指令丰富、指令功能强、易于掌握、操作方便，内置有高速计数器、高速输出、PID 控制器、RS485 通信/编程接口、PPI 通信协议、MPI 通信协议和自由方式通信功能。最多可扩展到 248 点数字量 I/O 或 35 路模拟量 I/O，最多有 26KB 程序和数据存储空间。

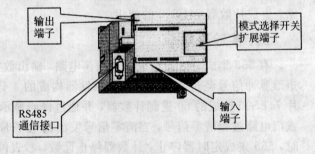

图 4-1　S7-200 PLC 外形结构图

1) S7-200 的 CPU 模块

S7-200 有 CPU221、CPU222、CPU224、CPU224XP、CPU226 等不同模块，其外观结构基本相同。它们的基本配置如表 4-1。

表 4-1　S7-200CPU 的基本配置

特性	CPU221	CPU222	CPU224	CPU224X	CPU226
数字量 I/O	6 入/4 出	8 入/6 出	14 入/10 出	14 入/10 出	24 入/16 出
模拟量 I/O	—	—	—	2 入/1 出	—
数字量 I/O 映像区	256(128 入/128 出)				
模拟量 I/O 映像区	无	16 入/16 出		32 入/32 出	

从表 4-1 可以看出，S7-200 系列 PLC 功能强大，有着鲜明的特点。

2）S7-200 的扩展模块

除 CPU221 外，其他 CPU 模块均可以配接多个扩展模块，可以选用 4 点、16 点和 32 点的数字量输入/输出模块，来满足不同的控制需要。S7-200 包括如下的数字量扩展模块：

有单独的输入模块 EM221（8 路扩展输入）；有单独的输出模块 EM222（8 路扩展输出）；有 I/O 混合模块 EM223（具有 8I/O、16I/O、32I/O 等多种配置）。

在工业控制系统，尤其在过程控制系统中的一些输入量（如温度、压力、转速、流量等）是模拟量，某些执行机构（如电动调节阀和变频器等）要求 PLC 输出模拟信号，而 S7-200 CPU 只能处理数字量。模拟量首先被传感器采集，然后通过 A/D 转换输入 PLC，而电动调节阀等则需要 PLC 通过 D/A 转换输出模拟量。

S7-200 有三种模拟量扩展模块。其中，EM231 为 4 路模拟量输入模块，EM232 为 2 路模拟量输出模块，EM235 为 4 路输入/1 路输出模块。这些模拟量扩展模块中 A/D、D/A 转换器的位数均为 12 位。

2. S7-200 PLC 的工作模式

S7-200 PLC 有三种工作模式，即 RUN（运行）、STOP（停止）及 TERM（Terminal，终端）工作模式。在 CPU 模块的面板上用"RUN"LED 显示当前的工作模式。

在 RUN 模式，PLC 通过用户程序来实现控制功能。在 STOP 模式，CPU 不执行用户程序，可以用编程软件创建和编辑用户程序，设置 PLC 的硬件功能，将用户程序和硬件设置信息下载到 PLC。在 TERM 模式，允许使用编程软件来控制 CPU 的工作模式。

3. S7-200 PLC 的工作过程

PLC 通电后需对硬件和软件做一些初始化的工作，为使 PLC 的输出能及时响应各种输入信号，初始化后的 PLC 不停地循环运行，分阶段处理各种不同的任务：

（1）输入处理

在输入处理阶段，根据输入量的不同所做的工作也不相同。如果输入量是数字量，则在每个扫描周期的开始，先进行采样，将数字量输入点的当前值写入到输入映像寄存器中。如果输入量是模拟量，对于输入信号变化较慢的模拟量，则采用数字滤波，CPU 从模拟量输入模板读取滤波值；对于高速信号，CPU 直接读取模拟值。

（2）执行程序

PLC 的用户程序指令在存储器中顺序排列，在 RUN 模式的程序执行阶段，如果没有跳转指令，CPU 从第一条指令开始，逐条顺序执行用户程序。

（3）处理通信请求

该阶段 CPU 处理从通信接口和智能模块接收到的信息，如读取智能模块的信息并存放在缓冲区中，在合适的时候将信息传送给通信请求方。

（4）CPU 自诊断测试

自诊断测试包括定期检查 CPU 模块的操作和扩展模块的状态是否正常，将监控定时器复位，以及完成其他一些内部工作。

（5）输出处理（输出刷新阶段）

全部指令执行完毕，将输出过程映像寄存器的 I/O 状态向输出锁存寄存器传送，成为可编程控制器的实际输出，控制外部负载的工作。

4. S7-200 PLC 的 CPU 存储区

（1）输入过程映像寄存器（I）

输入过程映像寄存器是 PLC 接收外部输入的数字量信号的窗口，在每个扫描周期的开始，CPU 对物理输入点进行采样，并将采样值存于输入过程映像寄存器中。

（2）输出过程映像寄存器（Q）

CPU 在扫描周期末尾将输出过程映像寄存器的数据传送给输出模块，由后者驱动外部负载。

（3）变量存储器（V）

V 存储器在程序执行的过程中存放中间结果，也可保存与工序或任务有关的其他数据。

（4）位存储区（M）

位存储区（M0.0～M31.7）作为控制继电器来存储中间操作状态或其他控制信息。

（5）定时器存储区（T）

定时器相当于继电器控制线路中的时间继电器。用定时器地址（如 T1）来存取当前值和定时器位，带位操作数的指令存取定时器位，带字操作数的指令存取当前值。

（6）计数器存储区（C）

计数器用来累计其计数输入端脉冲电平由低到高的次数。用计数器地址（如 C2）来存取当前值和计数器位，带位操作数的指令存取计数器位，带字操作数的指令存取当前值。

（7）高速计数器（HSC）

高速计数器用来累计比 CPU 的扫描速率更快的事件，计数过程与扫描周期无关。高速计数器的地址由区域标识符 HSC 和高速计数器号组成，如 HSC1。

（8）累加器（AC）

累加器是可像存储器那样使用的读/写单元。利用累加器可以向子程序传递参数，或从子程序返回参数，以及用来存放计算的中间值。S7-200 CPU 提供了 4 个 32 位累加器（AC0～AC3），可以按字节、字和双字来存取计算的中间值。

（9）特殊存储器（SM）

特殊存储器用于 CPU 与用户之间交换信息，各特殊存储器的功能各不相同，如 SM0.0 在 RUN 模式时一直为 1 状态，SM0.1 仅在执行用户程序的第一个扫描周期为 1 状态，SM1.0、SM1.1 和 SM1.2 分别是零标志、溢出标志和负数标志。

（10）局部存储器（L）

S7-200 给主程序和中断程序各分配 64 字节局部存储器，给每一级子程序嵌套分配 64 字节局部存储器，各程序不能访问别的程序的局部存储器。局部存储器存储的局部变量仅仅在它被创建的 POU（程序组织单元）中有效。

（11）模拟量输入（AIW），模拟量输出（AQW）寄存器

S7-200 处理模拟量的过程：将现场参数如温度、压力等连续变化的模拟量用 A/D 转换器转换为 1 个字长的数字量后存储在模拟量输入寄存器（AIW）中，通过 PLC 处理后将要转换成模拟量的数字量写入模拟量输出寄存器（AQW），再经 D/A 转换成模拟量输出。PLC 对模拟量输入寄存器只能进行读取操作，而对模拟量输出寄存器只能进行写入操作。

（12）顺序控制继电器（S）

顺序控制继电器也称状态继电器，是使用步进控制指令编程时的重要元件，用状态继电

器和相应的步进控制指令，可以在 S7-200 PLC 上编制较复杂的控制程序。

以上各存储区中，I、Q、V、M、S、SM、L 均可以按位、字节、字和双字来存取。

二、STEP 7－Micro/WIN 编程软件

STEP 7－Micro/WIN 是专门为 S7-200 设计的、在 Windows 操作系统下运行的编程软件，其用户程序简单清晰，可以用语句表(STL)、梯形图(LAD)和功能块图(FBD)编程，不同编程语言编制的程序可以相互转换，可以用符号表来定义程序中使用的变量地址对应的符号，使程序便于设计和理解。另外，还可以通过数据进行变量的初始化设置。

STEP 7－Micro/WIN 为用户提供了基本上符合 PLC 编程语言的国际标准 IEC 61131－3 的指令集，通过调制解调器可以实现远程编程，可以用单次扫描和强制输出等方式来调试程序并进行故障诊断。

1. STEP7－Micro/WIN32 编程软件主界面

启动 STEP7－Micro/WIN32 编程软件，其主界面外观如图 4-2 所示。

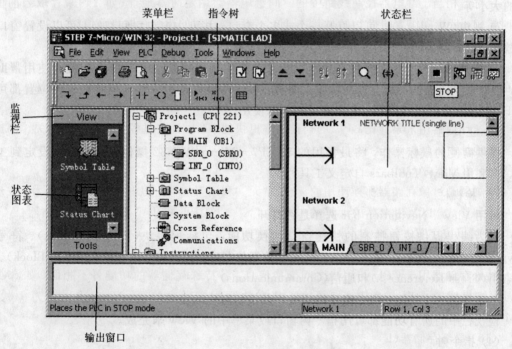

图 4-2 主界面

主界面一般可分以下几个区：菜单栏(包含 8 个主菜单项)、工具栏(快捷按钮)、检视栏(快捷操作窗口)、指令树(快捷操作窗口)、输出窗口和用户窗口(可同时或分别打开 5 个用户窗口)。

除菜单栏外，用户可根据需要决定其他窗口的取舍和样式设置。

2. 主要部分功能

(1) 菜单栏

允许使用鼠标单击或对应键的操作，是必选区。各主菜单项功能如下。

1) 文件(File)。文件操作如新建、打开、关闭、保存文件，上装和下载程序，文件的打印预览、设置和操作等。

2) 编辑(Edit)。提供传统的对程序编辑的工具。如选择、复制、剪切、粘贴程序块,同时提供查找、替换、插入、删除、快速光标定位等功能。

3) 检视(View)。可以设置软件开发环境的风格,如决定其他辅助窗口(检视窗口、指令树窗口、工具栏按钮区)的打开与关闭;执行检视栏窗口中的任何项;选择不同语言的编辑器(包括 LAD、STL、FBD 3 种);设置 3 种程序编辑器的风格,如字体、指令盒的大小等。

4) 可编程序控制器(PLC)。可建立与 PLC 联机时的相关操作,如改变 PLC 的工作方式、在线编译、查看 PLC 的信息、清除程序和数据、时钟、存储器卡操作、程序比较、PLC 类型选择及通信设置等。还可提供离线编译的功能。

5) 排错(Debug)。用于联机调试。

6) 工具(Tools)。可以调用复杂指令向导(包括 PID 指令、NETR/NETW 指令和 HSC),使复杂指令的编程工作大大简化;安装文本显示器 TD200;用户化界面风格(设置按钮及按钮样式,在此可添加菜单项)。用选项子菜单也可以设置 3 种程序编辑器的风格,如字体、指令盒的大小等。

7) 视窗(Windows)。可以打开一个或多个窗口,并可在窗口之间切换,可以设置窗口的排放形式,如层叠、水平、垂直等。

8) 帮助(Help)。通过帮助菜单上的目录和索引项可以检阅几乎所有相关的使用帮助信息,帮助菜单还提供了网上查询功能。而且,在软件操作过程中的任何步或任何位置都可以按 F1 键来显示在线帮助,大大方便了用户的使用。

(2) 工具栏

提供简便的鼠标操作,将最常用的 STEP7—Micro/WIN32 操作以按钮形式设定到工具栏。可利用 View/Toolbars 自定义工具栏。

(3) 检视栏

可用 View | Navigation bar 选择是否打开。

它为编程提供按钮控制的快速窗口切换功能,包括程序块(Program Block)、符号表(Symbol table)、状态图表(Status Chart)、数据块(Data Block)、系统块(System Block)、交叉索引(Cross Reference:)和通信(Communications)。

单击任何一个按钮,则主窗口将切换到此按钮对应的窗口。

检视栏中的所有功能都可用指令树窗口或菜单中的 View 来完成。

(4) 指令树

提供编程时用到的所有快捷操作命令和 PLC 指令。可用 View | Instruction tree 决定是将指令数打开。

3. 编程

(1) 程序来源

1) 打开。打开一个磁盘中已有的程序文件,可利用菜单"文件 | 打开"在弹出的对话框中选择打开的文件;也可用工具条中的"打开"按钮来完成。图 4-3 所示为一个打开的在指令树窗口中的程序结构。

图 4-3 中程序文件的文件名为"Project 1",PLC 型号为 CPU 221,包含与之相关的 7 个块。其中,程序块包含的主程序名为主(OB1);子程序名为 SBR—0(SBR0);中断程序名为 INT—0(INT0)。

　　2）上装。在已经与 PLC 建立通信的前提下，如果要上装一个 PLC 存储器中的程序文件，可用菜单"文件｜上装"，也可用工具条中的▲（载入）按钮来完成。

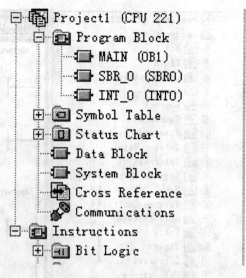

　　3）新建。建立一个程序文件，可用菜单"文件｜新建"，在主窗口将显示新建的程序文件主程序区；也可用工具条中的"新建"按钮来完成，图 4-3 所示为一个新建程序文件的指令树，系统默认的初始设置如下：

　　新建的程序文件以 Project 1（CPU221）命名，括号内为系统默认的 PLC 型号。项目包含 7 个相关的块。其中，程序块中有 1 个主程序；1 个子程序 SBR－0；1 个中断程序 INT－0。用户可以根据实际编程需要进行以下操作：①确定主机型号。首

图 4-3　指令树窗口

先要根据实际应用情况选择 PLC 型号。方法：右键单击"Project 1（CPU221）"图标，在弹出的按钮中单击"类型（T）"，然后可以在弹出的对话框中选择所用的 PLC 型号。也可用菜单"PLC｜类型"来选择。②程序更名。目文件更名：如果新建了一个程序文件，可单击菜单"文件｜保存"或"文件｜另存为"，然后可以在弹出的对话框中键入名称。

　　主程序的名称一般用默认的"Project 1"，任何项目文件的主程序只有一个。

　　编辑程序：若要编辑程序块中的任何一个程序，只需在指令树窗口中双击该程序的图标即可。

　　（2）编辑程序

　　编辑和修改控制程序是程序员利用 STEP7－ Micro/WIN 32 编程软件所做的最基本的工作，本软件有较强的编辑功能，本节只以梯形图为例介绍一些基本编辑操作。

　　下面以图 4-4 所示的梯形图程序的编辑过程为例介绍程序编辑的各种操作。

　　1）输入编程元件。梯形图的编程元件（编程元素）主要有线圈、触点、指令盒、标号及连线等。输入方法有以下两种。

　　方法 1：用指令树窗口中的指令所列的一系列指令。鼠标左键双击要输入的指令，再根据指令的类别将指令分别编排在若干子目录中，如图 4-4 所示。

　　方法 2：用工具栏上的一组编程按钮。单击触点、线圈或指令盒按钮，从弹出的窗口的下拉菜单所列出的指令中选择，单击要输入的指令即可。按钮和弹出的下拉菜单如图 4-5 和图 4-6 所示。

　　图 4-5 中，7 个按钮的操作分别是前 4 个为下行线、上行线、左行线、右行线，用于形成复杂梯形图结构；后 3 个为输入一个触点、输入一个线圈、输入一个指令盒。图 4-6 为单击输入一个指令盒按钮时的结果。

　　顺序输入：在一个梯级网络中，如果只有编程元件的串联连接，输入和输出都无分叉，则视为顺序输入。方法非常简单，只需从梯级的开始依次输入各编程元件即可，每输入一个元件，光标自动向后移动到下一列，如图 4-7 所示。图中"网络 2"下的"→｜"就是一个梯级的开始，"→｜"表示可在此继续输入元件。图中已经连续在一行上输入了两个触点，若想再输入

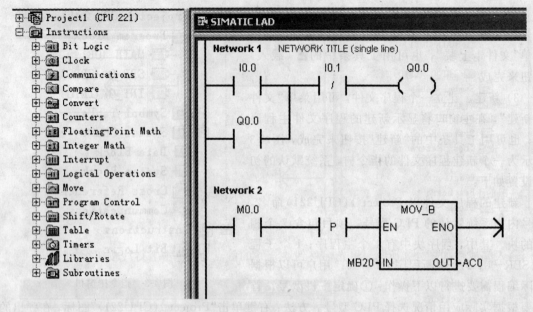

图 4-4 程序编辑

一个线圈,可以直接在指令树中双击点亮的线圈图标。图中的方框为光标(大光标),编程元件就是在此光标处输入的。

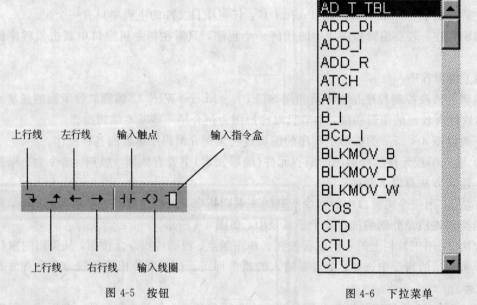

图 4-5 按钮   图 4-6 下拉菜单

输入操作数:4—7 中的"??.?"表示此处必须有操作数。此处的操作数为两个触点的名称。输入时,可单击"??.?",然后键入操作数。如 I0.0、I0.1 等。

任意添加输入:如果想在任意位置添加一个编程元件,只需单击这一位置将光标移到此处,然后即可输入编程元件。

2)复杂结构。用工具栏中的指令按钮可编辑复杂结构的梯形图,如图 4-8 所示。单击图中第一行下方的编程区域,则在本行下一行的开始处显示小图标,然后可输入触点新生成一行。

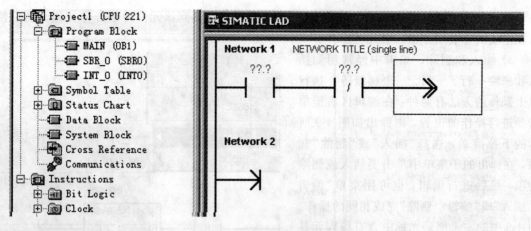

图 4-7 顺序输入操作

输入完成后如图 4-8 所示，将光标移到要合并的触点处，单击上行线按钮■即可。

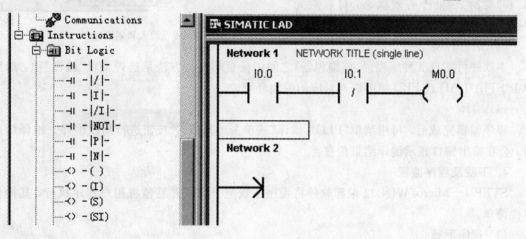

a)

b)

图 4-8 复杂结构操作

a)输入前 b)输入后

如果要在一行的某个元件后向下分支，方法是将光标移到该元件再单击 ⊥ 按钮。然后便可在生成的分支顺序输入各元件。

3）插入和删除。编辑中经常用到插入和删除一行、一列、一个梯级等。执行以上操作的方法有两种：在编辑区右键单击要进行操作的位置，则弹出如图 4-9 所示的下拉菜单，选择"插入"或"删除"选项，在弹出的子菜单中单击要插入或删除的项，然后进行编辑；也可用菜单"编辑｜插入"或"编辑｜删除"完成相同的操作。图 4-9 中的左上图是光标中含有编程元件的情况下右键单击时的结果，此时的"剪切"和"复制"项处于有效状态，可以对元件进行剪切或复制。

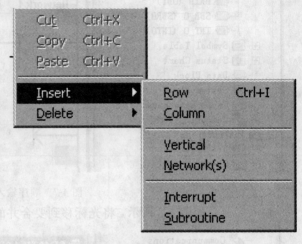

图 4-9　插入和删除操作

（3）语言转换

本软件可实现 3 种编程语言（编程器）之间的任意切换。方法是选择菜单"检视"项，然后单击 STL、LAD 或 FBD 便可进入对应的编程环境。

（4）编译

程序编辑完成后，可用菜单"PLC｜编译"或单击工具条 ☑ 按钮进行离线编译。编译结束后，会在输出窗口显示编译结果信息。

4. 下载及程序监视

STEP 7－Micro/WIN 32 编程软件将程序下载至 PLC，并且监视用户程序执行，其操作方便简单。

（1）程序下载

当程序编译无误后，便可下载到 PLC 中。下载前先将 PLC 置于 STOP 模式，然后单击工具条 ▇ 键，当出现"下载成功"后，单击"确定"即可。另外，▇ 键的功能为载入，即将 PLC 中的程序调入计算机中。

（2）程序监视

利用 3 种程序编辑器都可在 PLC 运行时监视程序对各元件的执行结果，并可监视操作数的数值。梯形图、功能块图和语句表监视中介绍梯形图监视。

利用梯形图编辑器可以监视在线程序状态，如图 4-10 所示。图中被点亮的元件表示处于接触状态。

梯形图中可显示所有操作数的值，所有这些操作数状态都是 PLC 在扫描周期完成时的结果。STEP7－Micro/WIN 32 经过多个扫描周期采集状态值，然后刷新梯形图中各值的状态显示。通常情况下，梯形图的状态显示不反映程序执行时的每个编程元素的实际状态。

用菜单"工具｜选择"打开选项对话框，选择"LAD 状态"选项卡，然后选择一种梯形图的样式。可选择的梯形图样式有 3 种：指令内部显示地址，外部显示值；指令外部显示地址和值；只显示状态值。

打开梯形图窗口，在工具条中单击 ▦ 按钮，再将 PLC 置于 RUN 模式，即可运行下载的

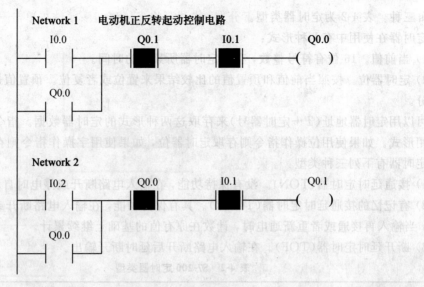

图 4-10 梯形图监视

程序。

三、S7-200 的基本指令

1. 基本位逻辑操作指令

标准触点指令：LD(Load 装载)、A(And，与)、O(Or，或)、N(Not，非)。

输出指令：＝、S(Set 置位)、R(Reset 复位)、SI(立即置位)、RI(立即复位)。

图 4-11 梯形图完成电动机单向连续控制功能。I0.0 是起动按钮，常开；I0.1 是停止按钮，常闭；Q0.0 是接触器线圈，它的常开作自锁。

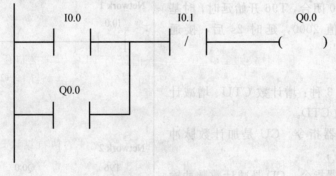

图 4-11 单向连续控制

编程从左边母线开始 LD(Load 装载)，并联用 O(Or，或)，串联用 A(And，与)，常闭加 N(Not，非)后，最后输出到线圈＝。图 4-11 梯形图的语句表：

```
LD    I0.0
O     Q0.0
AN    I0.1
=     Q0.0
```

2. 定时器指令

S7-200 系列 PLC 中，定时器可用于时间累计，其分辨率(时基增量)分为 1ms、10ms 和

100ms 三种。表 4-2 为定时器类型。

定时器在使用中有两种形式：

1）当前值。16 位有符号整数，存储定时器所累计的时间。

2）定时器位。按照当前值和预置值的比较结果来置位或者复位。预置值是定时器指令的一部分。

可以用定时器地址（T+定时器号）来存取这两种形式的定时器数据。指令决定了定时器的使用形式。如果使用位操作指令则存取定时器位，如果使用字操作指令则存取定时器当前值。定时器有下列三种类型：

1）接通延时定时器（TON）。没有保持功能，在输入电路断开或停电时自动复位（清零）。

2）有记忆的接通延时定时器（TONR）。具有保持功能，在输入电路断开或停电时保持当前值，当输入再接通或者重新通电时，计数在原有值的基础上继续累计。

3）断开延时定时器（TOF）。在输入电路断开后延时断开输出。

表 4-2　S7-200 定时器类型

工作方式	时基/ms	最大定时范围/s	定时器编号
TONR	1	32.767	T0，T64
	10	327.67	T1～T4，T65～T68
	100	3276.7	T5～T31，T69～T95
TON/ TOF	1	32.767	T32，T96
	10	327.67	T33～T36，T97～T100
	100	3276.7	T37～T63，T101～T255

如图 4-12，I0.0 闭合，T96 开始延时，时基 1ms，预置端 PT 值 2000，延时 2s 后，接通 Q0.0。

3. 计数器指令

计数器指令有 3 种：增计数 CTU、增减计数 CTUD 和减计数 CTD。

CTU，增计数器指令。CU 是加计数脉冲输入端，预置端 PV；

CTD，减计数器指令。CD 是减计数脉冲输入端，预置端 PV；

CTUD，增减计数器指令。有两个脉冲输入端：CU 输入端用于递增计数，CD 输入端用于递减计数，预置端 PT 预置端 PV。

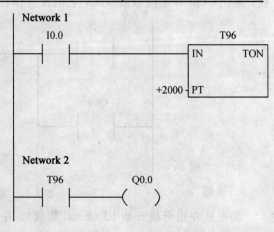

图 4-12　定时控制

设定预置数，当计数器输入端信号从 OFF 变为 ON 时，计数器减 1 或加 1，计数值减为零或者加到设定值时，计数器 ON。

计数器编号 0～255。指令的具体使用方法将结合下节实验中继续介绍。

第二节　可编程序控制器实验

一、S7-200 可编程控制器(PLC)实验箱

图 4-13 为 S7-200 可编程控制器(PLC)实验箱面板图。

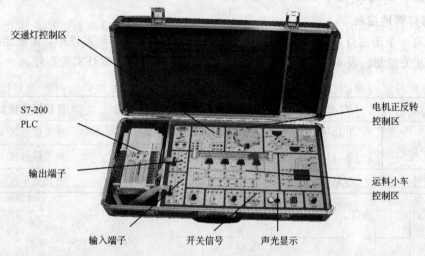

图 4-13　S7-200 PLC 实验箱面板图

　　S7-200 PLC 实验箱提供 224CPU、输入端子、输出端子、开关信号、声光显示等设备，设置运料小车控制、电动机正反转控制、交通灯控制等功能区。利用该实验箱，学生可以完成基本位逻辑指令和定时器、计数器实验，初步掌握 S7-200 PLC 的编程方法。

二、实验目的

1) 掌握基本位逻辑指令用法，并能编写简单的梯形图。

2) 了解定时器指令、计数器指令用法。

3) 学会梯形图程序的输入、编译、下载、运行和调试方法。

三、实验设备

1) S7-200 可编程序控制器实验箱。

2) 计算机(含键盘、鼠标、串口通信线)。

三、一般实验步骤

1. 接线

根据 I/O 分配表，按 PLC 的外部接线图接线。由于 I0.0～I0.7,I1.0～I1.3 已经连接到实验箱输入的插孔，输入直接由插孔连线到按钮。另外，Q0.0～Q0.7 也已经连接到实验箱输出的插孔，输出直接由插孔连线到发光显示或电动机。

2. 打开计算机

双击桌面 图标进入 S7-200 的编程界面，输入程序。

3. 下载运行

程序编写完后，单击 键即可编译。当编译无误后，单击 下载。下载完成后，单击 运行。运行前必须将 PLC 置于 RUN 状态。

4. 调试

直至完成预期功能。

四、实验内容

(一) 基本位逻辑指令实验

1. 走廊灯两地控制

某楼道有一个走廊灯，要求用位逻辑指令设计出梯形图或语句表程序，保证走廊灯能被楼上、楼下开关控制。表 4-3 为走廊灯 I/O 分配表，图 4-14 为走廊灯实验程序。

表 4-3　走廊灯 I/O 分配表

	I/O 点	信号元件及作用	元件或端子位置
输入信号	I0.0	楼下开关	开关信号区
	I0.1	楼上开关	开关信号区
输出信号	Q0.0	走廊灯	声光显示区

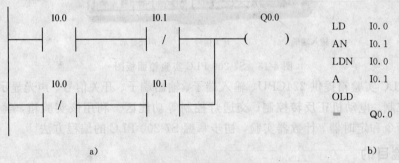

a)　　　　　　　　　　　　　　　　　　　　b)

图 4-14　走廊灯实验
a) 梯形图　b) 语句表

Q0.0 为 0 表示走廊灯不亮，如果此时改变输入触点 I0.0（楼上开关）或 I0.1（楼下开关）的状态，都会有能流从左侧母线流过输出线圈 Q0.0，此时 Q0.0 为 1，走廊灯点亮；此时改变输入触点 I0.0 或 I0.1 的状态，都会使能流无法流过 Q0.0，此时 Q0.0 为 0，走廊灯熄灭。

OLD 指令为块操作指令，将上下两个逻辑块相或。

图 4-15 为走廊灯实验的 PLC 外部接线图。

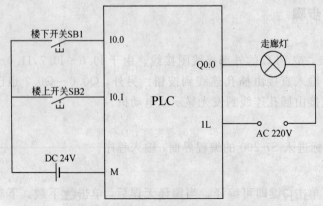

图 4-15　走廊灯实验的 PLC 外部接线图

2. 圆盘正反转控制

一台电动机,要求用位逻辑指令设计出梯形图或语句表程序,完成对电动机进行正反转的控制。表 4-4 为圆盘正反转控制 I/O 分配表,图 4-16 为圆盘正反转控制实验程序。

表 4-4 圆盘正反转控制 I/O 分配表

	I/O 点	元件及作用	元件或端子位置
输入信号	I0.0	正转按钮	直线区,任选
	I0.1	反转按钮	直线区,任选
	I0.2	停止按钮	直线区,任选
输出信号	Q0.0	电机正转	旋转区正转端子
	Q0.1	电机反转	旋转区反转端子

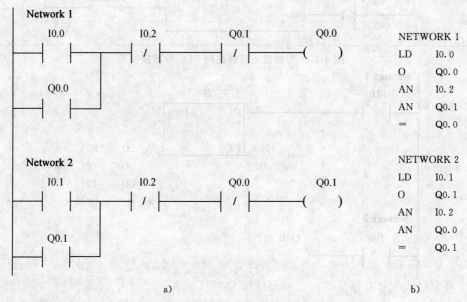

a) b)

图 4-16 圆盘正反转控制程序

a) 梯形图 b) 语句表

Q0.0、Q0.1 常闭实现互锁。

图 4-17 为圆盘正反转控制 PLC 外部接线图。

(二) 定时器指令实验

利用接通延时定时器(TON)设计一通电延时控制电路,要求当开关接通时,在经过 2s 的延迟时间后小灯亮;当开关断开时,小灯立即熄灭。表 4-5 为 I/O 定时器实验分配表,图 4-18 为定时器实验程序。

表 4-5 定时器实验 I/O 分配表

	I/O 点	元件及作用	元件或端子位置
输入信号	I0.0	开关	开关信号区
输出信号	Q0.0	信号灯及蜂鸣器	声光显示区

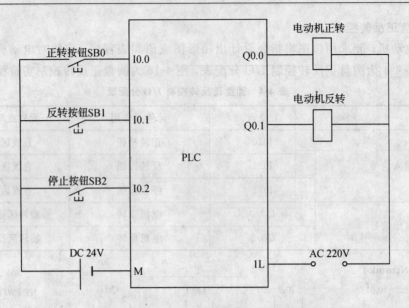

图 4-17　为圆盘正反转控制 PLC 外部接线图

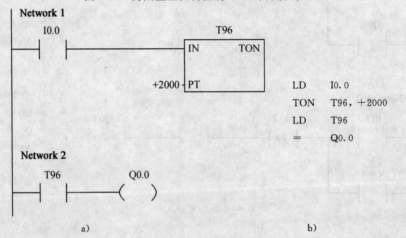

a)　　　　　　　　　　　　　　　　b)

图 4-18　定时器实验程序

a) 梯形图　b) 语句表

（三）计数器指令实验

设计要求：当按钮按下 3 次时，信号灯亮；再按该按钮两次，信号灯灭。表 4-6 为计数器指令实验 I/O 分配表，图 4-19 为计数器指令实验程序。

表 4-6　I/O 分配表

	I/O 点	元件及作用	元件或端子位置
输入信号	I0.0	按钮	直线区　任选
输出信号	Q0.0	信号灯	声光显示区

当第三次按下按钮时，C0 为 1，灯亮。同时 C1 计数 1 次，再按一下按钮，C1 为 1，C0 清 0，灯灭。同时 C1 清 0。

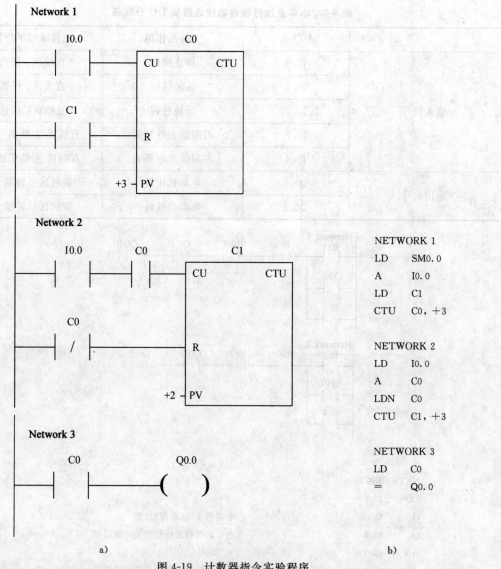

图 4-19 计数器指令实验程序
a）梯形图 b）语句表

NETWORK 1
LD   SM0.0
A   I0.0
LD   C1
CTU   C0,+3

NETWORK 2
LD   I0.0
A   C0
LDN   C0
CTU   C1,+3

NETWORK 3
LD   C0
=   Q0.0

（四）小车直线行驶自动往返控制

小车直线行驶自动往返控制示意图 4-20 如下，要求按下列规则控制小车的运行。

1）小车起动时，在满足运行条件的情况下，通过"左行"起动按钮"I0.2"或"右行"起动按钮"I0.1"起动。小车右行时可通过"左行"起动按钮 I0.2 实现小车从右行切换到左行，同理，小车左行时可通过"左行"起动按钮 I0.1 实现小车从左行切换到右行。

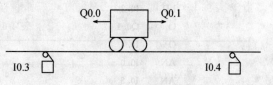

图 4-20 小车直线行驶自动往返控制示意图

2）正常情况下小车在左光电开关 I0.3 和右光电开关 I0.4 之间往返运行。

3）当按下停止按钮"I0.0"时，不管小车行驶在何位置，小车都应该停止运行。

表 4-7 为小车直线行驶自动往返控制 I/O 分配表。图 4-21 为实验程序。

表 4-7　小车直线行驶自动往返控制 I/O 分配表

	I/O 点	元件及作用	元件或端子位置
输入信号	I0.0	停止按钮	直线区，任选
	I0.1	正转按钮	直线区，任选
	I0.2	反转按钮	直线区，任选
	I0.3	右限位光电开关	直线区 左数第一个
	I0.4	左限位光电开关	直线区 左数第四个
输出信号	Q0.0	电动机正转	旋转区正转端子
	Q0.1	电动机反转	旋转区反转端子

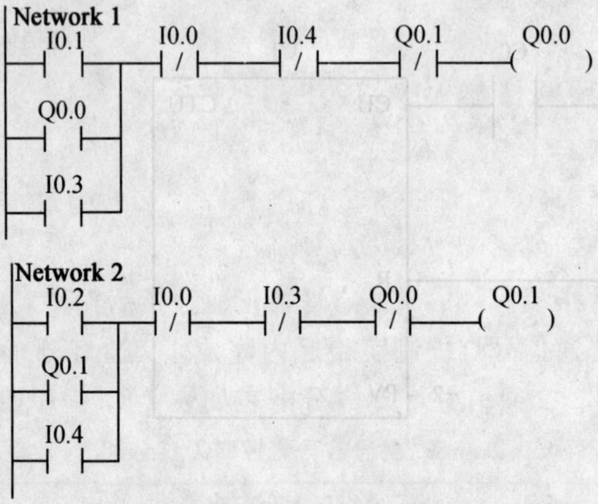

Network 1

```
I0.1     I0.0    I0.4    Q0.1         Q0.0
─┤ ├──┬──┤/├────┤/├────┤/├─────────( )
Q0.0    │
─┤ ├────┤
I0.3    │
─┤ ├────┘
```

Network 2

```
I0.2     I0.0    I0.3    Q0.0         Q0.1
─┤ ├──┬──┤/├────┤ ├─────┤/├─────────( )
Q0.1    │
─┤ ├────┤
I0.4    │
─┤ ├────┘
```

a)

```
NETWORK 1
LD     I0.1
O      Q0.0        //电动机正转（右行）自锁
O      I0.3        //小车运行到左行程开关正转启动
AN     I0.0
AN     I0.4        //小车运行到右行程开关正转断开
AN     Q0.1
=      Q0.0        //电动机正转（右行）

NETWORK 2
LD     I0.2
O      Q0.1        //电动机反转（左行）自锁
O      I0.4        //小车运行到右行程开关反转启动
AN     I0.0
AN     I0.3        //小车运行到左行程开关反转断开
AN     Q0.0
=      Q0.1        //电动机（反转）左行
```

b)

图 4-21　小车直线行驶自动往返控制实验程序
a) 梯形图　b) 语句表

图 4-22 小车直线行驶自动往返控制 PLC 外部接线图。

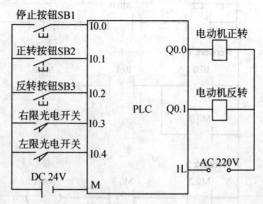

图 4-22　小车直线行驶自动往返控制 PLC 外部接线图

（五）交通信号灯控制实验

控制要求：

允许通行指示：绿灯亮 20s 闪烁 3s，黄灯亮 2s，之后转为禁止通行指示。

禁止通行指示：红灯亮 25s，之后转为允许通行。

一个方向是允许通行指示，另一个方向是禁止通行指示，每 25s 切换一次。

该实验在十字路口交通信号灯控制实验区内完成，交通灯分东西、南北两组，分别用 1、2 组表示。控制规律相同。交通信号灯 I/O 分配表如表 4-8，程序如图 4-23。

表 4-8　交通信号灯控制 I/O 分配表

	I/O 点	元件及作用	元件或端子位置
输入信号	I0.0	起动按钮	直线区，任选
	I0.1	停止按钮	直线区，任选
输出信号	Q0.0	1 红信号灯	交通信号灯实验区
	Q0.1	1 黄信号灯	交通信号灯实验区
	Q0.2	1 绿信号灯	交通信号灯实验区
	Q0.3	空	空
	Q0.4	2 红信号灯	交通信号灯实验区
	Q0.5	2 黄信号灯	交通信号灯实验区
	Q0.6	2 绿信号灯	交通信号灯实验区

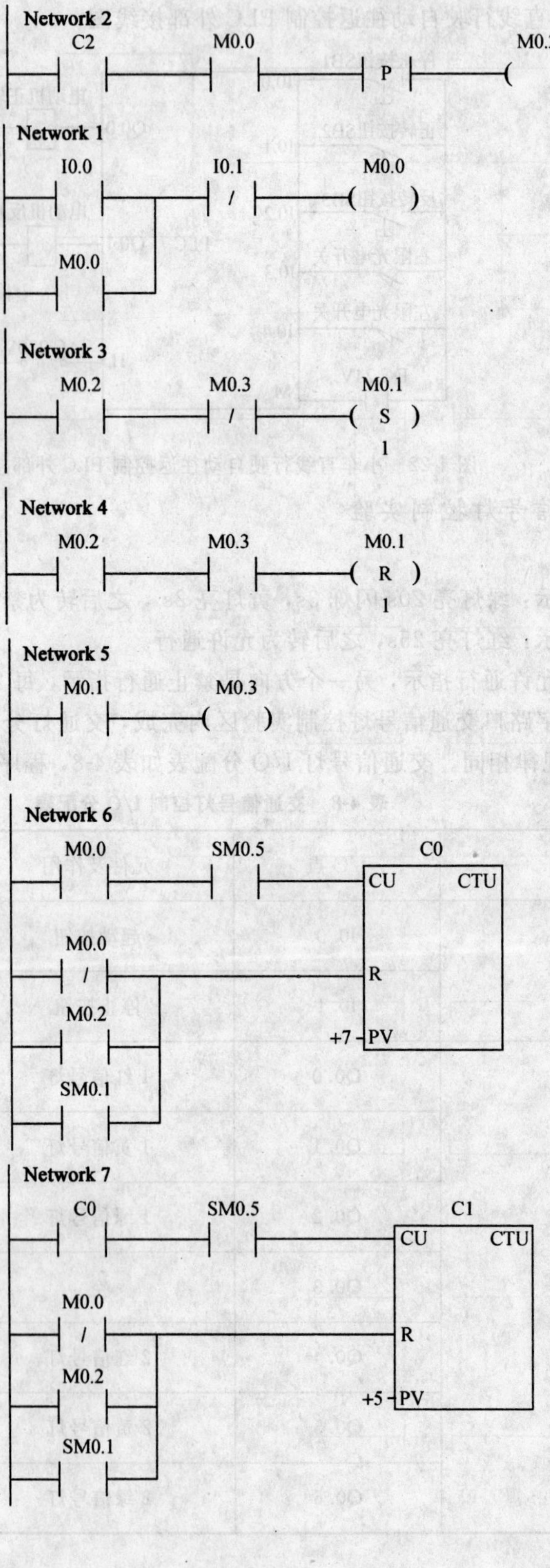

Network 2

```
  C2          M0.0                      M0.2
──┤├──────────┤├──────────────┤P├──────( )──
```

Network 1

```
  I0.0        I0.1                      M0.0
──┤├──────────┤/├──────────────────────( )──
  M0.0
──┤├──────┘
```

Network 3

```
  M0.2        M0.3                      M0.1
──┤├──────────┤/├──────────────────────( S )──
                                          1
```

Network 4

```
  M0.2        M0.3                      M0.1
──┤├──────────┤├────────────────────────( R )──
                                          1
```

Network 5

```
  M0.1        M0.3
──┤├──────────┤├────────────────────────( )──
```

Network 6

```
  M0.0        SM0.5                  C0
──┤├──────────┤├──────────────────┤CU    CTU├
  M0.0
──┤/├──────┐
  M0.2     │
──┤├───────┤──────────────────────┤R       ├
  SM0.1    │
──┤├───────┘                   +7─┤PV       ├
```

Network 7

```
  C0          SM0.5                  C1
──┤├──────────┤├──────────────────┤CU    CTU├
  M0.0
──┤/├──────┐
  M0.2     │
──┤├───────┤──────────────────────┤R       ├
  SM0.1    │
──┤├───────┘                   +5─┤PV       ├
```

图 4-23 交通

a) 梯

Network 8

```
  C1        SM0.5                    C2
 ─┤├─────────┤├──────────────────CU    CTU

  M0.0
 ─┤/├──────────┐
               │
  M0.2         │
 ─┤├───────────┤                  R
               │
  SM0.1        │
 ─┤├───────────┘
                              +3─PV
```

Network 9

```
  C0        SM0.5      M0.0      C1        M1.0
 ─┤├─────────┤├────────┤├───────┤/├───────( )
                    │
  C0              │
 ─┤/├─────────────┘
```

Network 10

```
  M1.0      M0.1      Q0.6
 ─┤├────────┤/├───────( )
```

Network 11

```
  M1.0      M0.1      Q0.2
 ─┤├────────┤├────────( )
```

Network 12

```
  C1        C2        M0.0      M1.1
 ─┤├────────┤/├───────┤├────────( )
```

Network 13

```
  M1.1      M0.1      Q0.5
 ─┤├────────┤/├───────( )
```

Network 14

```
  M1.1      M0.1      Q0.1
 ─┤├────────┤├────────( )
```

Network 15

```
  M0.1      M0.0      Q0.0
 ─┤/├────────┤├───────( )
```

Network 16

```
  M0.1      M0.0      Q0.4
 ─┤├────────┤├────────( )
```

a)

信号灯控制程序
梯形图

NETWORK 1
LD   I0. 0
O   M0. 0
AN   I0. 1
=   M0. 0

NETWORK 2
LD   C2
A   M0. 0
EU
=   M0. 2

NETWORK 3
LD   M0. 2
AN   M0. 3
S   M0. 1, 1

NETWORK 4
LD   M0. 2
A   M0. 3
R   M0. 1, 1

NETWORK 5
LD   M0. 1
=   M0. 3

NETWORK 6
LD   M0. 0
A   SM0. 5
LDN   M0. 0
O   M0. 2
O   SM0. 1
CTU   C0, +7

NETWORK 7
LD   C0
A   SM0. 5
LDN   M0. 0
O   M0. 2
O   SM0. 1
CTU   C1, +5

NETWORK 8
LD   C1
A   SM0. 5
LDN   M0. 0
O   M0. 2
O   SM0. 1
CTU   C2, +3

NETWORK 9
LD   C0
A   SM0. 5
ON   C0
A   M0. 0
AN   C1
=   M1. 0

NETWORK 10
LD   M1. 0
AN   M0. 1
=   Q0. 6

NETWORK 11
LD   M1. 0
A   M0. 1
=   Q0. 2

NETWORK 12
LD   C1
AN   C2
A   M0. 0
=   M1. 1

NETWORK 13
LD   M1. 1
AN   M0. 1
=   Q0. 5

NETWORK 14
LD   M1. 1
A   M0. 1
=   Q0. 1

NETWORK 15
LDN   M0. 1
A   M0. 0
=   Q0. 0

NETWORK 16
LD   M0. 1
A   M0. 0
=   Q0. 4

b)

图 4-23   交通信号灯控制程序(续)

b) 语句表

图 4-24 为 PLC 交通信号灯控制的外部接线图。

M 为辅助继电器，除不能直接驱动外部负载外，同 Q 的使用，常用于位逻辑操作，共 32B256b 可用。

SM0.5 是特殊功能寄存器的一个位，用来产生周期为 1s 的脉冲作为计数脉冲。

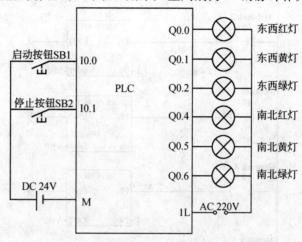

图 4-24　PLC 交通信号灯控制的外部接线图

（六）小车自动选向、定位控制实验

控制要求：

该实验在直线控制区完成。小车行走由滑块动作示意，如图 4-20 所示。四个呼叫按钮位置和编号与四个光电开关位置和编号上下对应。当所按下呼叫按钮的编号大于小车所在光电开关位置编号时，小车右行，行走到呼叫按钮对应的光电开关位置后停止；当呼叫按钮的编号小于小车所在光电开关位置时，小车左行，行走到呼叫按钮对应的光电开关位置后停止。

小车自动选 I/O 分配表如表 4-9，程序如图 4-25 所示。

表 4-9　小车自动选向 I/O 分配表

	I/O 点	元件及作用	元件或端子位置
输入信号	I0.0	1 呼叫按钮	直线区　内选 1
	I0.1	2 呼叫按钮	直线区　内选 2
	I0.2	3 呼叫按钮	直线区　内选 3
	I0.3	4 呼叫按钮	直线区　内选 4
	I0.4	1 光电开关	直线区　1 光电开关
	I0.5	2 光电开关	直线区　2 光电开关
	I0.6	3 光电开关	直线区　3 光电开关
	I0.7	4 光电开关	直线区　4 光电开关
	I1.0	系统起动按钮	直线区　呼梯按钮 1
输出信号	Q0.0	电动机停止	
	Q0.1	电动机正转	直线区正转端子
	Q0.2	电动机反转	直线区反转端子

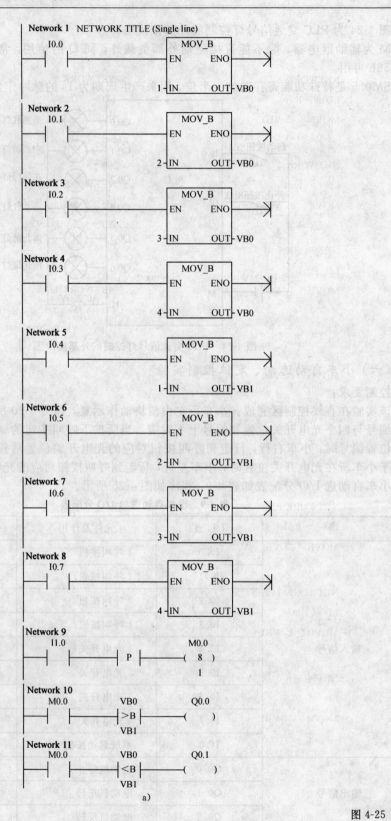

a)

图 4-25　小车

a) 梯形图

NETWORK 1
LD   I0.0
MOVB 1, VB0

NETWORK 2
LD   I0.1
MOVB 2, VB0

NETWORK 3
LD   I0.2
MOVB 3, VB0

NETWORK 4
LD   I0.3
MOVB 4, VB0

NETWORK 5
LD   I0.4
MOVB 1, VB1

NETWORK 6
LD   I0.5
MOVB 2, VB1

NETWORK 7
LD   I0.6
MOVB 3, VB1

NETWORK 8
LD   I0.7
MOVB 4, VB1

NETWORK 9
LD   I1.0
EU
S   M0.0, 1

NETWORK 10
LD   M0.0
AB>   VB0, VB1
=   Q0.0

NETWORK 11
LD   M0.0
AB<   VB0, VB1
=   Q0.1

b)

自动选向程序
b) 指令表

图 4-26 小车自动选向 PLC 外部接线图。

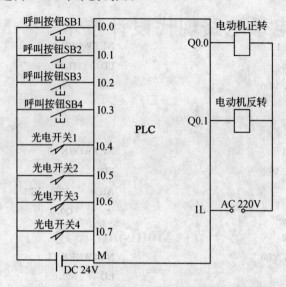

图 4-26　小车自动选向 PLC 外部接线图

五、思考题

1）试编写走廊灯三地 PLC 控制的 I/O 分配表，梯形图。

2）比较加数器、减数器及加/减数器的逻辑功能。

3）编写三相异步电动机丫－△降压启动 PLC 控制的 I/O 分配表，梯形图，并调试运行。

4）在试验中，你碰到哪些问题？是如何解决的？

第五章　电子电路现代设计技术——Multisim7

计算机技术的发展和人们对电子系统设计的新需求，推动了电子线路设计方法和手段的进步。传统的设计手段逐步被 EDA 所取代。EDA 是"Electronic Design Automation"的缩写，即电子设计自动化。电子设计是人们进行电子产品设计、开发和制造过程中十分关键的一步。加拿大 IIT 公司推出的从电路仿真设计到版图生成全过程的电子设计工作平台 Electronics workbench，是一套功能完善、操作界面友好、方便使用的 EDA 工具。Electronics Workbench 主要包括 Multisim 电路仿真设计工具、VHDL/Verilog 编辑/编译工具、Ultiboard PCB 设计工具和 Ultirounte 自动布线工具。本章主要介绍 Multisim7 的基本操作方法。

第一节　Multisim7 概述

Multisim7 提供了方便友好的操作界面，灵活的电路原理图的设计输入。全面集成化的设计环境，完成从原理图设计输入、电路仿真分析到电路功能测试等工作。当改变电路连接或改变元器件参数、对电路进行仿真时，可以清楚地观察到各种变化对电路性能的影响。强大的元器件库，含有数千个元器件模型：从无源器件到有源器件，从模拟器件到数字器件，从分立元器件到集成电路，还有微机接口元件、射频元件等。设计过程中，还可以自己添加新元器件。虚拟电子设备种类齐全，有直流电源、示波器、函数发生器、数字万用表、频谱分析仪、失真分析仪、网络分析仪和逻辑分析仪等，操作这些虚拟设备如同操作真实设备一样。全面的分析工具，利用这些工具，可以完成对电路的稳态和瞬态分析、时域和频域分析、噪声和失真度分析、傅里叶分析、零极点和传输函数分析等，帮助设计者全面了解电路的性能。

在 Multisim7 的窗口界面下，电路的修改调试方便，可直接打印输出实验数据、实验曲线、电路原理图和元器件清单等。

一、Multisim7 基本窗口界面

安装 Multisim7 后，可进入 Multisim7 环境进行电路的仿真设计。启动 Windows"开始"菜单中的 Multisim7，可以打开如图 5-1 所示的 Multisim7 基本界面。

从图 5-1 可以看出，Multisim7 基本界面主要由菜单栏、标准工具栏、仿真开关、元器件工具栏、虚拟元件工具栏、.com 按钮、仪表仪器栏、电路工作区等项组成，下面分别予以说明：

二、菜单栏

菜单栏与所有 Windows 应用程序类似，提供了应用程序的功能命令。

Multisim7 菜单栏中包含 11 个主菜单项，分别为文件(File)菜单、编辑(Edit)菜单、窗口显示(View)菜单、放置(Place)菜单、仿真(Simulate)菜单、文件输出(Transfer)菜单、工具(Tools)菜单、报告(Reports)菜单、选项(Options)菜单、窗口(Window)菜单和帮助(Help)菜单，如图 5-2 所示。在每个主菜单下都有一个下拉菜单，用户可以从中找到电路文件的存取、SPICE 文件的输入和输出、电路图的编辑、电路的仿真与分析以及在线帮助等各项功能的命令。

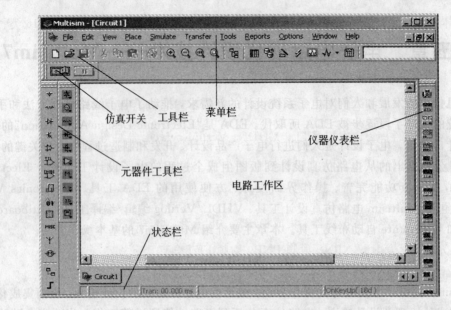

图 5-1　Multisim7 的用户界面

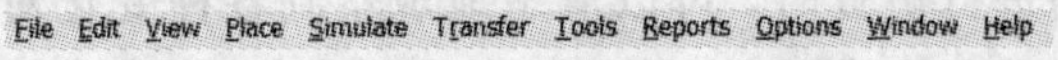

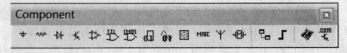

图 5-2　菜单栏

三、标准工具栏

Multisim7 工具栏如图 5-3 所示，它包括两个部分，左边是基本功能按钮，与所有的 Window 界面一样，从左至右的图标命名为创建新电路文件、打开已有电路文件、保存电路文件、打印、打印预览、剪切、复制、粘贴、撤销、恢复、全屏显示、放大、缩小、合适比例显示、100% 显示。右边部分是设计工具栏，该工具栏是对 Multisim7 进行操作的核心，分别为层次项目按钮、层次电子数据表按钮、元件编辑按钮、仿真按钮、图形编辑器按钮、分析按钮、后分析按钮。使用它可进行电路的建立、仿真及分析，并最终输出设计数据等。

图 5-3　工具栏

四、元器件工具栏

Multisim7 提供了 13 个元器件库。用鼠标左键单击元器件库栏目下的图标即可打开该元器件库，在库中选择所需器件，将其拖至工作区即可，如图 5-4 所示。

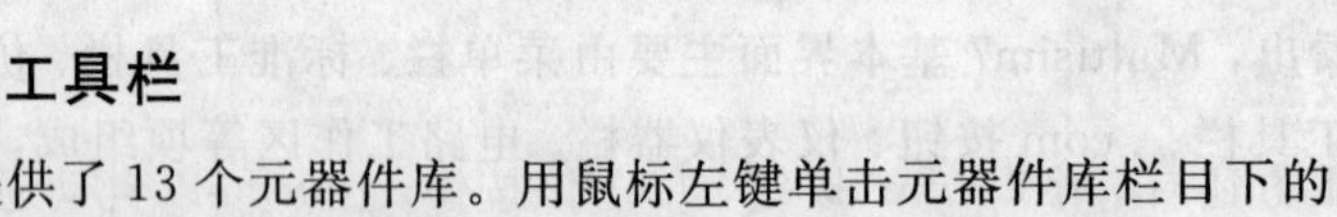

图 5-4　元器件工具栏

⊹信号源库：含接地、直流信号源、交流信号源、受控源等 6 类。

⚬基本元器件库：含电阻、电容、电感、变压器、开关、负载等 18 类。

⊬二极管库：含虚拟、普通、发光、稳压二极管、桥堆、晶闸管等 9 类。

晶体管库：含双极型晶体管、场效应晶体管、复合晶体管、功率晶体管等 16 类。

模拟集成电路库：含虚拟、线性、特殊运算放大器和比较器等 6 类。

TTL 数字集成电路库：含 74 和 74LS 两大系列。

CMOS 数字集成电路库：含 74HC 系列和 CMOS 系列器件的 6 个系列。

其他数字器件库：含虚拟 TTL、VHDL、Verilog－HDL 器件等 3 个系列。

模数混合器件库：含 ADC/DAC、555 定时器、模拟开关等 4 类。

指示器件库：含电压表、电流表、指示灯、数码管等 8 类。

MISC 杂项器件库：含晶体振荡器、集成稳压器、电子管、熔丝等 14 类。

射频元件库：含射频 NPN、射频 PNP、射频 FET 等 7 类。

电机类器件库：含各种开关、继电器、电机等 8 类。

五、仪器仪表栏

Muhisim7 仪器仪表栏如图 5-5 所示。它是进行虚拟电子实验和电子设计仿真的最快捷形象的特殊窗口。仪器仪表栏含有 18 种用来对电路工作状态进行测试的仪器仪表，它们依次为数字万用表（Multimeter）、函数发生器（Function Generator）、功率表（Wattmeter）、双通道示波器（2 channel Oscilloscope）、四通道示波器（4 channel Oscilloscope）、波特图图示仪（Bode Plotter）、频率计数器（Frequency Counter）、字信号发生器（Word Generator）、逻辑分析仪（Logic Analyzer）、逻辑转换器（Logic Converter）、IV－特性分析仪（IV－Analysis）、失真分析仪（Distortion Analyzer）、频谱分析仪（Spectrum Analyzer）网络分析仪（Network Analyzer）、安捷伦信号发生器（Agilent Function Generator）安捷伦数字万能表（Agilent Multimeter）、安捷伦示波器（Agilent Oscilloscope）和泰克示波器（Tektronix Oscilloscope）。

图 5-5　仪器仪表栏

六、".com"按钮

元件工具栏的下方还有一个". com"按钮，单击该按钮，用户可以自动通过 Internet 进入 EDAparts. com 网站。这是一个由 EWB 和 ParMiner 合作开发，提供给 Multisim 用户的 Internet 入口，用户可以访问一千多万个器件的 CAPSXpert 数据库，并可从 ParMiner 直接把有关元件的信息和资料下载到自己的数据库中（注意：这些元件的信息资料不是免费的）。另外，还可从该网站免费下载到专为 Multisim 设计的升级 Multisim Master 元件库的文件。

七、电路工作区

电路工作区（Workspace）是进行电子设计的工作视窗，电路图的编辑绘制、仿真分析及波形数据显示等都将在此窗口中进行。

八、仿真开关

□○Ⅱ□包括两个开关，用以控制仿真进程，按钮的功能如下：

· 按钮：仿真启动停止按钮，拨向左边停止仿真，拨向右边启动仿真；

· 暂停按钮。

九、状态栏

状态栏用于显示有关当前操作以及鼠标所指条目的有用信息。

第二节　Multisim7 操作方法

一、建立电路文件

依次执行"开始"/"程序"/"Multisim7"命令，启动后程序将自动建立名为"Circuit"的空白电路文件，保存该文件并重命名。

二、放置元件

1. 放置电源

在"元件"工具栏上单击"Sources 库"按钮，将弹出元件选择对话框，选择"Family"栏中的"POWER_SOURCES"选项，如图 5-6 所示，在右侧元件列表栏中双击"DC_POWER"，则在电路工作区中将弹出电源图标，双击电源图标，在"Value"选项卡中可修改电压值。

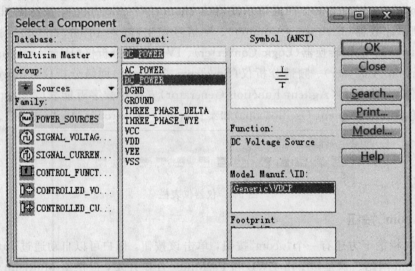

图 5-6　电源工具栏

2. 放置电阻

在"元件"工具栏上单击"Basic 库"按钮，将弹出元件选择对话框，选择"Family"栏中的"BASIC"选项，如图 5-7 所示，在右侧元件列表栏中双击"RESISTOR_VIRTUAL"（虚拟电阻），则在电路工作区中弹出电阻图标，其默认值是 1kΩ。

若需要多个电阻元件则重复以上操作。也可采用在电路工作区中鼠标单击选中元件，采用键盘组合键【Ctrl＋C】复制该元件。再多次按下键盘组合键【Ctrl＋V】粘贴该元件，即可得到多个元件。

双击工作区中的电阻图标，在"Value"选项卡的"Resistance"栏中改变电阻值，如图 5-8 所示，使电阻值满足电路需要。

如果要改变电阻的放置方式（垂直放置或水平放置），则右键单击该元件，在弹出的快捷菜单中执行"90 Clockwise"（顺时针旋转 90°）或"90 Counter CW"（逆时针旋转 90°）命令，则可将电阻旋转。

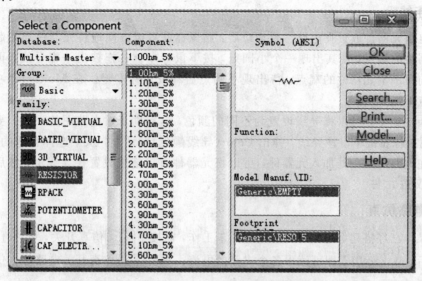

图 5-7　基本元件窗口

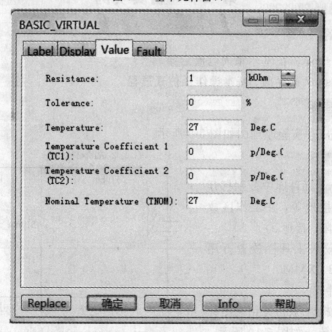

图 5-8　电阻参数设置对话框

3. 放置接地端

接地端是电路的公共参考点，接地取自电源组，电路中可以有多个接地符号实际上是属于同一个接地点，也可以用一个接地连接多个元件。如果电路没有接地端，电路将不能进行仿真。

三、放置仪器仪表

单击仪器仪表栏的万用表图标并将其拖到电路工作区适当的位置。双击万用表图标，将弹出参数设置对话框。可以对其进行所需参数的设置。

四、连线

在将电路元器件放置在电路编辑窗口后，用鼠标就可以方便地将元器件连接起来。将鼠标指向元器件的端点，使其出现一个小圆点，按下鼠标左键并拖拽出一根导线，再拖拽导线并使其指向另一个元器件的端点，待出现小圆点后释放鼠标左键。在 Multisim7 中，连线的起点和终点不能悬空。

在复杂电路中，可以将导线设置为不同的颜色，这有助于对电路图的识别。要改变导线的颜色，用鼠标右键单击该导线，弹出 Color(导线颜色)对话框，从中选择合适的颜色即可。如果需要在电路的某一处加入元器件，可以将元器件直接拖拽放置在导线上，然后释放鼠标即可。

五、电路仿真

上述操作已经搭建好电路，此时电路并未工作，需按下 🖸🖽 仿真开关，电路才开始工作。电路工作后，双击万用表即可读出各个支路的电流。单击 🖸🖽 仿真开关电路停止仿真。

第三节　仿真实例

一、实验目的

1) 应用 Multisim7 验证基尔霍夫电流定律。

2) 了解 Multisim7 的界面、基本操作及仿真过程。

二、实验原理图

基尔霍夫电流定律实验原理图如图 5-9 所示。

三、实验步骤

1) 在 Multisim7 元件库中分别打开电源库、电阻库、接地等，在工作区放置所需的电源、电阻、接地。

2) 打开仪器仪表工具栏放置万用表 XMM1、XMM2、XMM3。

3) 连接各元件。

4) 按下仿真按钮，双击万用表图标即可读出各支路电流。如图 5-10 所示。

5) 验证基尔霍夫电流定律的正确性。

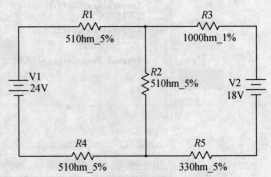

图 5-9　基尔霍夫电流定律实验原理图

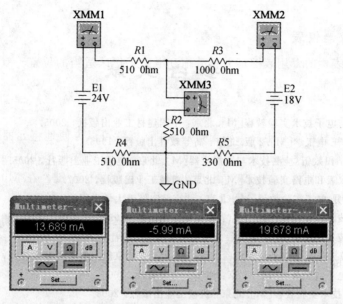

图 5-10 Multisim7 仿真结果

四、练习题

图 5-11 给出了分压式偏置放大电路的 Multisim 仿真电路图。

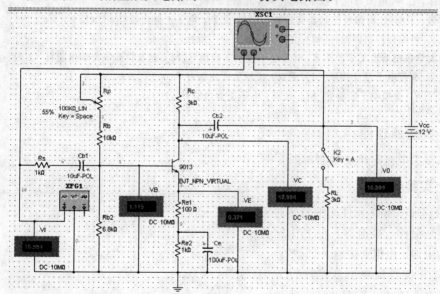

图 5-11 分压式偏置放大电路的 Multisim 仿真电路图

1）函数发生器输出一个频率为 1000Hz、有效值为 40mV 的正弦波，作为放大器的输入端 u_i 信号。

2）用示波器观察放大器输出 u_o 的稳定波形。注意观察有无失真情况，如有失真，应减少信号输入有效值。

3）测量晶体管各电极的电位。

4）用双踪示波器观察放大器输入输出波形的相位关系。

参 考 文 献

[1] 李柏龄.电工与电子技术实验教程[M].北京：中国建材工业出版社，2005.

[2] 吴道悌，王建华.电工学[M].2版.北京：高等教育出版社，1995.

[3] 戚新波，范峥，田效伍.检测技术与智能仪器[M].北京：电子工业出版社，2005.

[4] 马鑫金.电工仪表和电路实验技术[M].北京：机械工业出版社，2007.

[5] 骆雅琴，顾凌明.电工实验教程[M].北京：北京航空航天大学出版社，2004.

[6] 章忠全.电子技术基础实验[M].北京：中国电力出版社，1999.

[7] 何金茂.电子技术基础实验[M].2版.北京：高等教育出版社，1991.

[8] 徐国华，等.模拟与数字电子技术实验教程[M].北京：北京航空航天大学出版社，2004.

[9] 熊幸明.电工电子实验教程[M].北京：清华大学出版社，2008.

[10] 赵立民.电子技术实验教程[M].北京：机械工业出版社，2008.

[11] 李国丽，刘春，朱维勇.电子技术基础实验[M].北京：机械工业出版社，2007.

[12] 门闳.电工与电子实验实训教程[M].北京：机械工业出版社，2007.

[13] 李玲远，范绿蓉，陈小宇.电子技术基础实验[M].北京：科学出版社，2005.

[14] 徐晓冰，江萍.电工与电子技术实验[M].北京：机械工业出版社，2003.

[15] 李国勇，卫明社.可编程控制器实验教程[M].北京：电子工业出版社，2008.

[16] 王兆义.可编程控制器教程[M].北京：机械工业出版社，2004.

[17] 清华大学机电系电工学教研室.电工电子技术实验指导[M].北京：清华大学出版社，2008.

[18] 李良荣.现代电子设计技术[M].北京：机械工业出版社，2005.

[19] 周凯.EWB虚拟电子实验室[M].北京：电子工业出版社，2005.